Bettina Obrecht
Manons Oma

Die Autorin:

Bettina Obrecht wurde 1964 in Lörrach/Baden geboren. Nach einem längeren Aufenthalt in Costa Rica studierte sie Spanisch und Englisch in Heidelberg. Heute lebt sie als freie Autorin und Übersetzerin in Darmstadt. Ihre Arbeiten wurden bereits mit mehreren Preisen ausgezeichnet.

Bettina Obrecht

Manons Oma

Deutscher Taschenbuch Verlag

Ungekürzte Ausgabe
In neuer Rechtschreibung, Stand 1996
Januar 1998
Deutscher Taschenbuch Verlag GmbH & Co. KG,
München

ISBN 3-7891-4401-0
Umschlagkonzept: Balk & Brumshagen
Umschlagbild: Martin Baltscheid
Gesetzt aus der Aldus 11,5/13·
(Diacos, Barco Optics 300 Q)
Gesamtherstellung: Ebner Ulm
Printed in Germany · ISBN 3-423-70460-8

1.

Dafür, dass mein Hund Heino heißt, kann ich nichts. Das kommt daher, dass er Omas Hund war, und Oma fand den Sänger Heino toll. Nicht nur Heino, sondern auch Volksmusikduos und überhaupt gut angezogene Schlagersänger mit ordentlich gewaschenen Haaren. Das mit der Musik war eines der Dinge, über die wir uns nie einigen konnten. Oma fand Michael Jackson genauso schrecklich, wie ich Heino schrecklich finde. Wenn ich nachmittags Heino ausführte, den Hund, nannte ich ihn Michael, englisch ausgesprochen, Meikel. Das ist nicht so peinlich und eigentlich war das mit dem Namen sowieso egal, weil Heino weder auf Heino noch auf Meikel hörte.

Seit Heino mein Hund ist, nenne ich ihn wieder Heino. Das ist wegen Oma. Heino hat dickes blondes Fell, das an manchen Stellen schon grau wird, an der Schnauze vor allem und an den Pfoten, und das lustigste an ihm sind seine Ohren. Die stehen ein bisschen nach oben und knicken dann einfach ab. Nur wenn man mit ihm schimpft, legt er die Ohren nach hinten und kuckt ganz unglücklich. Oma hat selten mit Heino geschimpft. Nur wenn er an der Häkeldecke vom Sofa kaute oder versuchte einen

Knochen im Blumentopf zu vergraben. Oma hatte nämlich keinen Garten, in dem er seine Knochen hätte vergraben können. Sie wohnte in einer dunklen Zweizimmerwohnung in der Nähe der Post, ziemlich nah bei meiner Schule.

In diese Schule kam ich, als wir vom Dorf in die Stadt zogen. Da war ich acht Jahre alt. Mama wollte jetzt an einigen Tagen in der Woche wieder arbeiten, und weil die neue Schule ganz in der Nähe von Omas Wohnung lag, sollte ich an diesen Tagen zum Mittagessen dort hingehen.

Als wir noch auf dem Dorf wohnten, war Oma jemand, den man zu Weihnachten besuchte und der an Geburtstagen selber zu Besuch kam, einen Strauß rosa Nelken mitbrachte und jedes Mal, wenn er einen sah, zunächst einmal: »Bist du schon groß!« rief. Es war nett, aber nicht besonders aufregend. Als wir dann in der Stadt wohnten und ich Oma fast jeden Tag sah, wurde es ganz anders. Wir wurden richtige Freundinnen.

Der erste Schultag damals in der neuen Schule war natürlich schrecklich. Lauter fremde Kinder mit neugierigen Augen, Lehrer, die sich meinen Namen aufschrieben, damit sie besonders gut auf mich aufpassen konnten. Die Schule war viel größer als die im Dorf und hatte mehrere Stockwerke und lange Flure, in denen man sich verlaufen konnte, wenn man nur zur Toilette gehen wollte, und als Pausenzeichen einen Gong mit vier verschiedenen Tönen, nicht so eine schrille, laute Klingel wie im Dorf. In der großen

Pause stand ich verloren herum und beobachtete meine neuen Mitschüler aus der Ferne und sie kuckten aus der Ferne zu mir herüber, aber wir sprachen nicht miteinander. Ich hätte geweint, wenn sie mich nicht alle angeschaut hätten. Es war ungerecht, dass Eltern ihre Kinder einfach in eine andere Schule stecken konnten, wenn es ihnen gerade passte.

Als die Schule aus war, schlich ich die Treppen vor dem Eingang hinunter und da standen Oma und Heino. Oma trug ein kleines enzianblaues Hütchen und ein ebenso enzianblaues Kostüm. Heino schnupperte an einem angebissenen Pausenapfel, den ein Kind ins Rosenbeet geworfen hatte.

Ich kannte die beiden ja noch nicht gut, aber nach all den fremden Leuten in der Schule war ich unglaublich froh sie zu sehen.

»Jetzt wird es aber Zeit, dass sie euch laufen lassen«, sagte Oma.

Heino ließ den Apfel liegen und schnupperte an mir. »Ich hab Kartoffelsalat gemacht«, sagte Oma, während wir uns in Bewegung setzten. »Magst du Kartoffelsalat? Mit Würstchen?«

Ich nickte und sah an ihr hoch. Das war nicht so schwierig, denn sie war nicht groß und trug auch niemals Schuhe mit hohen Absätzen. Und sie sah auf mich herunter mit ihren warmen braungrünen Augen. Um die Augen herum war ihr Gesicht ganz zerknittert vom vielen Lachen. Als ich dieses Gesicht sah, fühlte ich mich gleich nicht mehr so fremd und verloren.

In ihrer Wohnung war ich früher schon gewesen, aber ich konnte mich nicht so recht daran erinnern und außerdem war das jetzt anders, denn ich sollte hier ein paar Mal in der Woche essen und Hausaufgaben machen, also war es ein bisschen so wie zu Hause. Die Wohnung war sehr klein. Es gab nur eine enge Küche mit einer Eckbank und einem Tisch und zwei Stühlen, ein kaltes Schlafzimmer und ein dunkles Wohnzimmer mit einem Sofa, zwei Sesseln, einer Kommode und vor allem einer großen Standuhr. Die tickte sehr laut und schlug jede halbe Stunde noch viel lauter. »Erinnerst du dich an die Uhr?«, fragte Oma, während sie den Tisch deckte. »Als du klein warst, hast du mich wegen dieser Uhr ›Uhr-Oma‹ genannt. Dabei bin ich gar nicht deine Uroma, sondern deine Oma. Auch wenn ich schon so alt bin wie eine Uroma.«

Sie fischte mit einer Gabel zwei Würstchen aus dem Topf und legte jedem von uns eins auf den Teller. »Setz dich«, sagte sie. Ich rutschte auf die Eckbank, während Oma mir eine Riesenportion Kartoffelsalat auf den Teller schaufelte. Es roch nach Blumenerde und Kaffee und Würstchen. Auf dem Sims vor dem Fenster pickten Spatzen Omas Frühstückskrümel auf. Heino saß vor dem Tisch und hatte die Augen geschlossen, damit er die Würstchen besser riechen konnte.

Nach dem Essen hielt Oma ihren Mittagsschlaf und ich versuchte mit Heino zu spielen ohne allzu viel Lärm zu machen. Weil das nicht ging, setzte ich mich auf einen Sessel und blätterte in Omas Zeitschriften, in denen viele Prinzen und Prinzessinnen abgebildet waren und ab und zu ein Hund oder eine Katze. Die Katzen zeigte ich Heino, aber der interessierte sich nicht dafür. Die Prinzessinnen wurden mir schnell zu langweilig und so kuckte ich mir einfach das Zimmer an. Da war das Foto von Opa, ohne Zigarre. Da war der Kalender aus der Apotheke, mit den Blumenaquarellen. Auf dem Couchtisch stand eine Vase mit frischen Astern, die mein Onkel Oma aus dem Garten mitgebracht hatte. Über der Kommode hing ein schweres Landschaftsgemälde. Es sah aus, als würde es gleich daraus regnen. Aber irgendwas mochte ich daran. Wahrscheinlich die zwei Kühe, die im Vordergrund mit erhobenen Köpfen in die Regenfront starrten. Auf einem richtigen Bild mussten immer Tiere drauf sein, sonst war es langweilig. Ich dachte an unser Dorf, das auch gar kein richtiges Dorf gewesen war, weil es überhaupt keine Bauern mehr gab. Eigentlich bestand es aus lauter Neubauvierteln und in einem davon hatten wir gewohnt. In der nächsten Ortschaft hatte es noch Kühe gegeben, aber nur im Stall, man sah sie gar nicht, konnte sie höchstens riechen, wenn man durch die Straßen ging. Die Milch kauften wir genauso im Laden wie alle Stadtfamilien. Das mit dem richtigen Dorf kannte ich aus meinen ersten Bilderbüchern und meinem Lieblingspuzzle mit den 280 Teilen. Da waren alle Tiere drauf, die man sich nur denken konnte, und der Bauer lachte und hatte so eine schwarze Weste an und trug eine Mistgabel über der Schulter. Bei diesem Puzzle war der Himmel auch nicht so schwierig zusammenzusetzen wie bei den meisten anderen, denn da flogen jede Menge Vögel herum, Tauben und Elstern und Rebhühner und auch ein Bussard, an denen man sich orientieren konnte.

Oma schlief ziemlich lange und so fing ich schließlich mit den Hausaufgaben an. Viel war es nicht, und als ich Knarren und schwere Schritte aus dem Schlafzimmer hörte, war ich schon fast fertig. »Wir müssen mit dem Hund rausgehen«, sagte Oma, als sie zur Tür hereinkam. Ihre Haare waren ganz zerzaust und auf ihrer linken Backe hatte sie noch ein paar Falten mehr als sonst. Sie warf einen Blick aus dem Fenster um zu sehen, ob es regnen würde, aber der Himmel war strahlend blau. Als wir uns schon besser kannten, merkte ich, dass sie enttäuscht war, wenn es nicht regnete. Sie liebte Regenschirme und bewahrte eine ganze Sammlung davon im Dielenschrank auf. Das entdeckte ich erst nach einer Weile. Da waren große und kleine Schirme, bunte, schwarze, mit Holz- und Ledergriffen, kaputte, neue. Wenn ich bei Regen nach Hause gehen musste, lieh sie mir nur sehr ungern einen dieser Schirme. »Aber bring ihn mir ja wieder!«, sagte sie dann, wenn sie mich an der Tür verabschiedete.

Aber an diesem ersten Tag regnete es nicht und so gingen wir in den Park. Da gab es ein Café. Wenn man auf der Caféterrasse saß, konnte man direkt auf einen kleinen Teich schauen, auf dem Enten und Schwäne herumschwammen. Heino hatte Angst vor den Schwänen, aber die Enten jagte er ein bisschen um das wieder gut zu machen. Ansonsten ist er ein ziemlich friedlicher Hund. Oma sagte immer: »Der Hund hat einen niedrigen Blutdruck. Ganz wie Ludwig.« Ludwig, das war mein Opa. An den kann ich mich kaum erinnern. Er starb, als ich noch ganz klein war. Doch, ein bisschen kann ich mich erinnern: an seine dicken Zigarren und die braunen Flecken auf seinen Händen und die graue Strickweste, die er zu Hause immer trug und die Mama so hässlich fand. Gestorben war er wegen der dicken Zigarren, sagte Oma, und am vielen Wein. Außerdem war er auch schon alt. Dass meine Oma und mein Opa so alt waren, liegt daran, dass Mama ihr jüngstes Kind war und ich wieder Mamas jüngstes Kind bin. Mein Bruder ist viel älter und hat schon eine Frau und selber ein Kind. Das ist meine Nichte Selma. Die sagt aber nicht »Tante Manon« zu mir, sondern nur »Manon«, weil ich für eine richtige Tante zu jung bin. Manche meiner Freundinnen haben noch ganz junge Großeltern, die spielen Tennis und fliegen im Urlaub in die Türkei und sind kaum dicker als die Eltern. Meine Oma war viel dicker als Mama und konnte nicht mehr schnell laufen.

An diesem ersten Tag bei Oma gingen wir also in den Park und schauten den Enten und Schwänen zu, während Oma eine Tasse Kaffee trank und ich ein Eis löffelte und Heino vor sich hindöste und nur ab und zu den Kopf hob, wenn ein anderer Hund oder gar eine Hündin in Riechnähe vorbeikam. »Wenn du ihn so ansiehst, glaubst du es nicht«, sagte Oma, »aber dieser Hund ist ein Frauenheld. Trotz seines niedrigen Blutdrucks. Eben wie Ludwig.«

Was ein Frauenheld war, wusste ich nicht genau, aber ich stellte mir so etwas wie Tarzan vor, einen Mann mit vielen Muskeln, der die Frau, die er liebte, regelmäßig aus irgendwelchen gefährlichen Situationen rettete und dabei sein eigenes Leben aufs Spiel setzte. Ich dachte an Opas graue Strickweste und die braunen Flecken auf seinen Händen und konnte mir nicht recht vorstellen, dass er so ein Held gewesen sein sollte. »Hat er dich auch einmal gerettet?«, wollte ich wissen. »Gerettet?« Sie sah mich überrascht an, schaute dann auf den Teich und die Enten und ihr Gesicht wurde mit einem Mal ganz rosig. »Ja. Gerettet hat er mich oft. Sehr oft.«

Ich stellte mir vor, wie Oma von schaurig bemalten Wilden gefangen gehalten worden war, denen sie jeden Tag Kartoffelsalat zubereiten musste, und wie Opa sich dann nachts an das Lager heranschlich, den Wachtposten mit dem Rauch seiner Zigarre betäubte und Omas Fesseln durchschnitt.

Wenn mein Bruder damals schon gelebt hätte, hätte er das ganze Abenteuer mit seiner Videokamera gefilmt. Das wäre spannender gewesen als die ganzen Familiengeburtstage und die Alpenwanderungen und wie Selma zum ersten Mal auf dem Topf sitzt. Aber meinen Bruder gab es damals ja noch nicht, denn Oma muss zu diesem Zeitpunkt noch schön und Opa noch schlank gewesen sein und womöglich gab es noch nicht einmal Videokameras, nur Fotoapparate, in die man minutenlang starr hineinkucken musste ohne zu wackeln, während der Fotograf sich unter einem schweren Tuch versteckte und irgendeine Explosion verursachte, die so was war wie ein Blitzlicht. So war das früher mal mit der Fotografie, aber ich weiß nicht genau, wann früher. So alt war Oma vielleicht gar nicht, aber ganz sicher waren die Bilder damals noch schwarzweiß gewesen. Schade. Ich hätte mir die Videos gerne angesehen mit Oma und den Wilden und dem Kartoffelsalat.

Außer in Cafés und in den Park gingen wir noch gerne in die Musikabteilung des Kaufhauses und hörten uns die neuesten CDs an. Am Anfang mochte Oma CDs überhaupt nicht leiden. »Diese lächerlichen kleinen Glitzerscheibchen«, sagte sie. »Ich will doch auch was haben für mein Geld!« Aber mit der Zeit gewöhnte sie sich an den Klang und schließlich bestand sie darauf. Sie ließ sich in der Nähe der Kasse auf einem Hocker nieder und setzte einen der vielen über den Verkaufsständen herunterbaumelnden Kopfhörer auf. Am Anfang war es mir ein bisschen peinlich, weil sie immer Volksmusik hören wollte und manchmal sogar Opern. Ich hatte Angst, dass Kinder aus meiner Klasse vorbeikommen und mich mit meiner Oma in der Volksmusikabteilung sehen könnten, also setzte ich mich immer ganz weit weg, dahin, wo man Michael Jackson hören konnte, und sah ihr von weitem zu. Der enzianblaue Hut lag vor ihr auf dem Verkaufstisch. Ihre Füße reichten nicht bis zum Boden, sie baumelten im Takt; die Augen hielt sie geschlossen. Sie hatte einen Lieblingsverkäufer, einen jungen Südländer mit tiefbraun glimmenden Augen, der ihr jeden Musikwunsch mit strahlendem Lächeln erfüllte.

»Ein schöner junger Mann«, sagte sie auf dem Rückweg zu mir. »Und wie der sich auskennt. Aber für mich ist er zu jung und für dich ist er zu alt.«

Später war es mir überhaupt nicht mehr peinlich, obwohl ich ihr die Musik dann manchmal sogar selber aussuchen musste und ihr den Kopfhörer überziehen und aufpassen, dass sie ihren Hut nicht liegen ließ. Manchmal vergaß sie dann auch, dass ihr der südländische Verkäufer zu jung war, und sie sah ihm verliebt in die Augen, während er die neueste Aufnahme der Oper »Aida« auflegte. Der Verkäufer war sehr nett zu ihr, auch als sie sich schon den Kopfhörer nicht mehr alleine auf- und absetzen konnte. Er war einer von denen, die bis zum Schluss nett zu ihr waren und zu mir auch, und als ich dann nur noch alleine in die Musikabteilung kam, fragte er mich jedes Mal, wie es denn meiner Oma ging.

Ich fand eigentlich gar nicht, dass er zu alt für mich war. Ein paar Mal richtete ich ihr seine Grüße aus, bis ich begriff, dass sie sich gar nicht mehr an ihn erinnerte.

So etwas war am Anfang sehr schwer zu begreifen.

Das mit dem Verkäufer war noch nicht einmal so schlimm wie das mit mir und meinem Bruder und Selma. Aber das war auch ganz zum Schluss, dass sie sich nicht mehr an uns erinnerte, und damals lebte sie schon im Heim. Aber wie gesagt, das war erst sehr viel später. Am Anfang fiel es überhaupt nicht so auf mit ihr.

Ich erinnere mich, dass ich nach der Schule zu ihr kam – sie brauchte mich schon lange nicht mehr abzuholen, ich war ja schon älter und konnte mit dem Fahrrad fahren – und sie sagte: »Hallo, mein Junge.« Ich erinnere mich daran, aber deswegen, weil ich mich richtig geschmeichelt fühlte; ich wäre ja selber auch viel lieber ein Junge gewesen. Manchmal sagte sie auch einen anderen Namen zu mir, nannte mich wie meine kleine Cousine oder sogar wie meinen Bruder. Das war nicht schlimm. Man wusste ja, dass alte Leute manchmal ein bisschen durcheinander waren und falsche Namen sagten oder so etwas. Deswegen bestand trotzdem kein Zweifel daran, dass ich es war, ich, Manon, mit der sie in den Park ging und den Enten zuschaute oder in die Musikabteilung und der sie von Ludwig, dem Frauenheld, erzählte.

Damals, zu der Zeit, als das alles anfing, hatte sie eine Freundin. Die hieß Frau Sturm und war nicht ganz so alt wie Oma, aber trotzdem sehr alt. Frau Sturm lebte ein Haus weiter und hatte auch einen

Hund, einen schlecht gelaunten Foxl, der aber ein bisschen besser gelaunt war, wenn er mit Heino zusammentraf. Eigentlich hatten die beiden Hunde sich kennen gelernt und dann mussten Oma und Frau Sturm immer zusammen spazieren gehen. Sie machten das Beste daraus und wurden Freundinnen. Das gefiel mir am Anfang überhaupt nicht. Oma war meine beste Freundin und ich wollte ihre beste Freundin sein; unsere Spaziergänge mit Heino waren die beste Gelegenheit, mit ihr über einen Streit mit meinen Eltern zu reden oder über die Handarbeitslehrerin, der ich nie gleichmäßig genug strickte, oder darüber, dass manche Kinder blind auf die Welt kommen und nie erfahren, wie diese Welt aussieht und trotzdem damit zurechtkommen. Mit Oma konnte man über fast alles reden. Aber das ging eben nicht, wenn Frau Sturm dabei war mit ihrem Foxl. Heino interessierte sich dann mehr für den Foxl als für mich und Oma schien sich mehr für Frau Sturm zu interessieren als für mich. Deswegen war ich noch schlechter gelaunt als der Foxl und kickte auf dem ganzen Weg irgendeinen kleinen Stein oder Tannenzapfen vor mir her.

Frau Sturm setzte sich mit uns an den Tisch im Café und bestellte Kaffee Hag und Diabetikerkuchen. Sie kniff mich prüfend in den Arm wie die Hexe bei Hänsel und Gretel und sagte: »Du bist gut beieinander, Kind, das ist schön.« Das sagte sie fast jedes Mal, wenn sie mich sah, und jedes Mal war ich tief beleidigt. Aber dann sah ich, dass Oma mich ankuckte und ganz hinten in den Augen ein bisschen lachte; und deswegen war ich dann doch nicht so richtig beleidigt. Vielleicht war Frau Sturm ja nur Omas zweitbeste Freundin.

Trotzdem war ich eifersüchtig. Jedes Mal, wenn Oma ihren Mittagsschlaf beendet hatte und sich für den Spaziergang rüstete, lauschte ich ängstlich auf Schritte im Flur. Wenn es dann klingelte, sagte Oma: »Ich glaube, es stürmt draußen« oder »Wer klingelt denn da Sturm?«, und sie lachte und stupste mich in den Rücken, weil ich so ein enttäuschtes Gesicht machte, während Heino winselnd und mit wedelndem Schwanz schon an der Tür stand.

Aber ich glaube, ich muss das noch mal sortieren und von meinen Erlebnissen mit Oma nacheinander erzählen, ungefähr in der Reihenfolge, wie das alles passiert ist.

2.

Mama und ich haben uns später oft überlegt, wann das wohl angefangen hat mit Oma. So genau sagen konnte es niemand. Auch jüngere Erwachsene machten manchmal dumme Fehler, sogar Kindern passierte das. Und alte Leute durften ruhig ein bisschen zerstreut sein, das gehörte dazu, das war genau wie bei den Professoren: Wenn die nicht ihre Brille suchen mussten, waren sie nicht echt.

Lange Zeit empfanden wir alles als ganz normal.

Ich ging nach der Schule zu Oma, wir gingen mit Heino spazieren oder in die Stadt, alles folgte seinem geregelten Gang: Es war Winter oder Sommer oder Frühling oder Weihnachten oder irgendein Geburtstag und man wusste schon im Voraus, was als nächstes passieren würde und wer als nächstes dran war mit dem Geburtstag. Ich glaube, ich dachte nie ernsthaft daran, dass sich an diesem geregelten Leben irgendetwas ändern konnte.

Wenn Oma Geburtstag hatte, konnte sie einem ganz schön Leid tun. Sie bekam nämlich immer nur solche Geschenke, über die man sich nicht freuen konnte, weil sie entweder »gesund« oder »nützlich« waren. »Gesund« war in erster Linie die Flasche mit dem Stärkungsgetränk. In der Fernsehwerbung konnte man sehen, dass alte Herren nach der Einnahme dieses Getränks ihre Enkel oder gar Urenkel hoch in die Luft werfen und wieder auffangen konnten. Zu dieser Art von Geschenken gehörten aber auch Kräuterschaumbäder, Kräutertees, Kräuterbonbons und manchmal eine Flasche Kräuterschnaps.

Zu »nützlich« gehörten Dinge wie etwa das Dampfbügeleisen.

»Es ist ganz einfach«, sagte Tante Rita, als sie es vorführte.

»Aber das alte tut's doch auch.« Oma setzte die Brille auf und musterte das Gerät misstrauisch, dann setzte sie die Brille wieder ab. »So etwas ist doch rausgeschmissenes Geld.«

»Mutter«, sagte Tante Rita geduldig, obgleich Oma gar nicht ihre Mutter war, sondern nur ihre Schwiegermutter. »Mutter, man kann sich doch das Leben heute leichter machen. Gönn dir doch mal ein bisschen Komfort.«

»Komm-foor!«, wiederholte Selma, die in diesem Alter dankbar war für jedes neue Wort, das sie hörte. Sie zog sich kichernd am eigenen Rattenschwänzchen. »Komm-fooooor!«

Oma schnaubte nur leise durch die Nase.

»Schau, das ist der Knopf für den Dampfstoß.«

Das Bügeleisen fauchte. Oma wich ein paar Zentimeter zurück und der auf dem Sofa schlummernde Heino hob den Kopf und warf einen forschenden

Blick in die Runde. Weil nirgends eine zum Fauchen gehörige Katze auftauchte, ließ er den Kopf wieder sinken und seufzte tief.

»Jetzt stell dich doch nicht so an, Mutter!«, sagte Onkel Theo, dessen Mutter Oma tatsächlich war und der das Bügeleisen noch dazu bezahlt hatte. »Frau Sturm hat bestimmt auch so eins. Die sind ganz leicht zu bedienen.«

»Ich will es aber gar nicht bedienen.« Oma funkelte ihn kriegerisch an. »Ein Leben lang habe ich meinen Mann und meine Herren Söhne bedient, jetzt bediene ich auf meine alten Tage bestimmt nicht auch noch irgendwelche neumodischen Apparate.«

Tante Rita seufzte noch tiefer als zuvor Heino und zog den Stecker des Bügeleisens aus der Wand.

Ich sah es erst wieder, als sie Jahre später Omas Wohnung ausräumten. Da brachte Mama es mit nach Hause. »Ich heb's dir auf, es ist ja noch so gut wie neu.« Den Mikrowellenherd bekam Sabine, die Tochter von Tante Cleo, weil die arbeitete und zwei Kinder hatte, von deren Vater man nicht reden durfte.

Auf dem Heimweg von dem Bügeleisengeburtstag sagte Mama zu Papa: »Sie wird eben älter.«

»Ich finde, sie hält sich noch ganz gut«, sagte Papa. »Sie kommt zurecht und kümmert sich dabei auch noch um Manon.«

»Aber man sollte sie nicht mehr mit solchen Sachen belasten,« sagte Mama und meinte damit das

Bügeleisen. »Damit kommt sie eben nicht mehr zurecht.«

Sie seufzte.

»Hoffentlich geht das noch eine Weile.«

Dann sah sie im Rückspiegel, dass ich aufmerksam zuhörte, und wechselte schnell das Thema.

Im Jahr nach dem Dampfbügeleisen bekam Oma dann die Uhr geschenkt. Die war zwar auch »nützlich«, aber ein bisschen konnte man sich doch auch darüber freuen. Es war nämlich eine ganz besondere Uhr, das grinsende Skelett einer Uhr, ein offenes Gefüge aus Federn und Zahnrädern, das, von seinen eigenen Gesetzen angetrieben, geschäftig vor sich hintickte. Diese eigenen Gesetze bestanden aus zwei Gewichten und einem Pendel, so wie bei der Standuhr im Wohnzimmer, nur viel kleiner. »Die ist fürs Esszimmer«, sagte Mama. »Damit du das Essen nicht auf dem Herd vergisst.«

Oma wurde rot und ich wurde auch rot, weil ich sie verpetzt hatte.

»Danke schön«, sagte Oma.

»Schau, Manon«, sagte Onkel Theo, »da kannst du mal eine Uhr von innen sehen.«

»Das habe ich schon mal«, sagte ich. »In unserer Küchenuhr«, ergänzte Mama und warf mir einen scharfen Blick zu, dabei war das doch nun schon Monate her und sie sagte selber, die neue Uhr passe viel besser zu unseren Möbeln.

Papa hängte die Uhr so auf, dass man sie von der

Eckbank aus gut sehen konnte, und drehte am großen Zeiger. Als dieser über Zwölf kam, gab die Uhr ein scharfes »Pling!« von sich.

»Wer kommt denn jetzt noch?« Oma wischte entsetzt die Krümel von der Tischdecke. »Wo mir doch das Kaffeepulver ausgegangen ist. Vielleicht leiht Frau Sturm mir welches.«

»Das war die Uhr«, sagte Papa und drehte den Zeiger weiter, bis er wieder auf Zwölf kam. Pling! »Hörst du?« Das konnte sich Oma nie merken. Von diesem Tag an musste man an der Tür Sturm klingeln, weil sie sonst dachte, es sei die Uhr gewesen; oder aber, was noch häufiger vorkam, sie sprang zu jeder vollen Stunde auf und lief zur Wohnungstür, weil sie dachte, es hätte jemand geklingelt, dabei war es nur die Uhr gewesen. Das fanden alle immer wieder lustig und wir nahmen Oma bei jeder Gelegenheit damit auf den Arm.

Als ich eines Montags aus der Schule kam, öffnete mir Oma mit Grabesmiene die Tür. »Die Würstchen sind schon wieder geplatzt. Ich hab ganz vergessen auf die Uhr zu sehen.«

»Ist doch egal.« Als hätte ich keine anderen Sorgen als geplatzte Würstchen! Montagnachmittag hatte ich Sport und Frau Rettich hatte uns für heute Übungen am Reck angedroht. Geräteturnen war immer schrecklich, aber Reck war am allerallerschrecklichsten. Da hing ich jedes Mal wie ein nasser Sack, während die beiden Hilfestellungen sich ächzend abmühten mich in einer Art Überschlag über die Stange zu wälzen. Das war noch peinlicher als am Stufenbarren. Und dann hatte mich Corinna heute in der großen Pause auch noch einfach stehen lassen und sich bei Bianca untergehakt, ausgerechnet Bianca, die in der Umkleidekabine immer so blöd kicherte und über Jungs redete und der nie die Haare unordentlich ins Gesicht hingen. Was war da schon ein geplatztes Würstchen. »Ich hab sowieso keinen Hunger.«

Aber da kuckte Oma so niedergeschlagen, dass ich schnell hinzufügte: »Nur ein bisschen«, und den Topfdeckel hob.

Heinos Anteil an der Würstchenportion war in der letzten Zeit erheblich größer geworden: Ich hatte nie viel Hunger und geplatzt sahen die Würstchen auch nicht so richtig appetitlich aus.

Aber der Kartoffelsalat war immer noch sehr gut.

Nach dem Essen trug ich die Teller in die Küche und ließ das Spülwasser einlaufen.

»Es hat geklingelt!«, rief Oma von drüben. »Machst du mal auf?«

Ich warf sicherheitshalber einen Blick auf die Skelettuhr, aber der große Zeiger stand auf Vier, nicht auf Zwölf, die Uhr war es nicht gewesen. Also trocknete ich mir die Hände ab, lief zur Wohnungstür und öffnete sie so weit, wie es die vorgelegte Kette zuließ. »Guten Tag. Das Zeitungsgeld, bitte schön«, sagte eine Frau im dunklen Wollmantel und wedelte mit einem Zettel.

»Oma, die Zeitungsfrau!«, trompetete ich.

»Moment, ich hole das Geld.« Oma verschwand im Schlafzimmer.

Ich nahm die Kette ab und machte die Tür ganz auf. Die Zeitungsfrau und ich standen einander gegenüber und grinsten verlegen. Hinten hörte ich es poltern und verhalten schimpfen.

»Schön, dass du deine Oma besuchen kommst«, sagte die Zeitungsfrau.

Dann schwiegen wir eine Zeit lang und guckten nur. Nach einer für eine solche Situation viel zu langen Weile sagte ich:

»Ich geh mal nachsehen.«

Im Schlafzimmer war es still geworden.

Dieses Schlafzimmer betrat ich nur, wenn es unbedingt sein musste. Oma gelang es nämlich auf mysteriöse Weise, die Temperatur in diesem Raum das ganze Jahr über mindestens zehn Grad niedriger zu halten als in der restlichen Wohnung. Wenn sie die Tür öffnete, fiel einem jedes Mal ein Schwall Kaltluft auf die Füße. »Da drin kannst du Pinguine züchten«, sagte Papa immer.

»Es gibt nichts Ungesünderes als überheizte Schlafzimmer«, konterte Oma.

Auf diese Antwort hin machte Papa meistens ein Gesicht, als hätte er zu dem Thema noch eine Menge zu sagen, aber Mama machte dann gleichzeitig ein Gesicht, als hätte sie Papa eine Menge zu sagen, falls dieser jetzt einen Streit vom Zaun brach. Also sagte er nichts. Omas Schlafzimmer ging einfach niemanden etwas an. Ich hatte deswegen auch richtig Herzklopfen, als ich nun leise die Tür aufstieß.

Da saß Oma mit gesenktem Kopf auf ihrem verwüsteten Bett. Die Schranktüren standen weit offen, und als ich zu Oma ging, watete ich knöcheltief durch Unterwäsche, Blusen und Kleiderbügel. »Ich kann meinen Geldbeutel nicht finden«, sagte Oma. »Ich habe ihn hier irgendwo versteckt, aber ich finde ihn nicht wieder.«

Zu zweit gruben wir den Wäsche-Berg noch einmal um. Bis zu diesem Moment hatte ich nie daran gedacht, dass Oma auch so etwas wie Unterhosen trug.

Kein Geldbeutel.

Dann fiel mir die Zeitungsfrau wieder ein, aber als ich in den Flur rannte, war sie gegangen und hatte die Tür hinter sich zugemacht.

»Das ist jetzt das dritte Mal hintereinander.« Mama war wütend auf Oma, das konnte ich daran sehen, dass ihr Mund ein wenig schief stand, auch wenn sie lächelte.

»Kannst du dir nicht ein bisschen mehr Mühe geben? Ich kann doch nicht jedes Mal hier antanzen, wenn du deine Sachen verlegst.«

»Du könntest dir aufschreiben, wo du den Geldbeutel versteckst«, schlug ich vor. »Den Zettel hängst du dir dann an den Schrank und da kannst du immer nachkucken.«

»Man muss sich ja Sorgen machen«, sagte Mama.

In Omas Augen schimmerten Tränen und Mama musste schnell woanders hinschauen. »Ich brauche jetzt einen Schnaps«, sagte Oma. »Auf den Schrecken.«

Sie stand auf und ging hinaus, und da man ohne Oma in Omas Schlafzimmer erst recht nichts verloren hatte, erhoben wir uns ebenfalls und folgten ihr in die Küche, wo sie die Kräuterschnapsflasche vom vorletzten Geburtstag entkorkte.

Und danach hatte ich dann auch noch Sport! Aber es war halb so schlimm, denn immerhin redete Corinna wieder mit mir, als ob nichts gewesen wäre, und gemeinsam konnten wir Bianca dann auch wieder blöd finden.

3.

Mama stellte jetzt die Telefonklingel lauter und »um sicherzugehen« ließ sie nachts die Tür zum Wohnzimmer, wo das Telefon stand, offen.

Manchmal versuchte sie mich über Oma auszufragen. »Was hat Oma denn heute gekocht?«

»Blumenkohl. Und Kartoffeln.«

»Und? War's gut?«

»Mhmmm.«

Seit der Geschichte mit der Skelettuhr fürs Esszimmer passte ich auf, dass ich nicht zu viel verpetzte. Oma war zwar nicht böse auf mich gewesen, weil ich das mit dem angebrannten Essen erzählt hatte, aber sie sah jetzt oft so traurig aus.

Irgendwie war das blöd, denn ich hätte Mama schon gerne von manchen Dingen erzählt, über die ich viel nachdenken musste. Zum Beispiel am Dienstag, da hatte Oma den Tisch mit Geschirr gedeckt, das hatte ich noch nie zuvor gesehen. Es war aber nicht neu, das Geschirr, das konnte man sehen, weil das Blumenmuster verkratzt war und die Schüssel vom Goldrand fast bis zur Mitte einen Sprung hatte. Nur die Gabeln mit den überlangen Zinken, die ich eigentlich gar nicht leiden konnte, die stimmten. Diesmal war ich richtig froh, dass wenigstens diese Gabeln dalagen. »Warum? Was stimmt nicht mit dem Geschirr?«, fragte Oma.

»Das nehmen wir doch sonst nicht«, sagte ich.

»Unsinn.« Oma wog einen Teller in der Hand. »Das habe ich doch zur Hochzeit bekommen. Seither nehme ich es jeden Tag.«

Sie stellte den Teller ab, jedoch so dicht an die Tischkante, dass er beinahe das Übergewicht kriegte und herunterfiel.

»Die Messer habe ich nicht gefunden«, sagte Oma und schob den Teller so weit zurück, dass er sicher stand. »Du hast sie gestern nach dem Spülen bestimmt nicht in die Besteckschublade getan.«

Mit der Zeit wurde es einfacher, die Sachen wiederzufinden, die Oma verlegt hatte. Allzu viele Möglichkeiten gab es in der engen Wohnung gar nicht, und wenn man mit den unwahrscheinlichsten Unwahrscheinlichkeiten anfing – im Fall der Messer beispielsweise mit der Nachttischschublade –, dann hatte man gute Chancen, die Gegenstände ziemlich schnell zu finden. Wenn es um wertvollere Dinge ging – den Geldbeutel, die goldenen Ohrringe, den Hausschlüssel –, war es gut, man holte Frau Sturm dazu, mit oder ohne Foxl. Die konnte dann beruhigend auf Oma einreden, während man selbst systematisch, also mit dem Unwahrscheinlichsten angefangen, die Suche aufnahm.

Die Hunde waren in solchen Fällen leider zu nichts zu gebrauchen.

»Such den Geldbeutel!«, sagte ich zu Heino.

Der wedelte mit dem Schwanz und fand das neue Spiel offensichtlich äußerst amüsant. Wenn ich eine Schublade aufzog, setzte er sich daneben, hob gespannt eine Vorderpfote und wartete auf irgendwelche unbekannten Schätze. Manchmal fand ich ja auch wirklich etwas, was ihn interessierte – einen morschen Keks zum Beispiel oder einen zerkauten Gummiball und einmal sogar ein Hundehalsband. Es war für Heino viel zu groß und trug eine Blechmarke, in die der Name »Ajax« eingeprägt war. Heino roch mit gerunzelter Stirn daran, warf mir dann einen verächtlichen Blick zu und ging aus dem Zimmer.

Ich fand bei den Suchaktionen aber auch Dinge, die mich selbst interessierten. Gerade in solchen Fällen war es gut, wenn Frau Sturm im Haus war und Oma ablenkte, denn so fiel es nicht auf, wenn ich die Suche unterbrach um mir einen unerwarteten Fund näher anzusehen. Alte Fotos konnten das beispielsweise sein, Muscheln von irgendeinem unbekannten Strand – soviel ich weiß, ist Oma nie am Meer gewesen – oder alte Münzen, die zwar aus Deutschland waren, mit denen man im Laden aber trotzdem nichts mehr kaufen konnte.

In der Küche machte mir das Suchen weniger Spaß. Da gab es keine verborgenen Schätze; stattdessen konnte man da manchmal auf ziemlich unappetitliche Überraschungen stoßen. Heino interessierte sich für solche Funde ganz besonders. Wenn er mit schwärmerisch verdrehten Augen an der Ritze irgendeiner Schranktür witterte, konnte man sicher sein, dass dahinter ein wochenaltes Stück Kuchen vor sich hingammelte, und in diesem Fall musste man noch von Glück reden, denn manchmal stieß man auch auf alte Schnitzelreste oder noch Schlimmeres – beziehungsweise von Heinos Standpunkt aus gesehen Besseres. Wenn ich solche Funde hervorangelte, schlug sein Schwanz einen Trommelwirbel, dann jedoch sank er enttäuscht zwischen die Hinterbeine zurück, denn ich ließ die Schätze gnadenlos im Mülleimer verschwinden.

Bei diesen Küchenaktionen zog ich jedenfalls manchmal ein ähnlich entnervtes Gesicht, wie Mama es jedes Mal machte, wenn sie irgendwas für Oma suchen musste. Manchmal konnte es aber auch ganz lustig sein, wenn zum Beispiel der Salat in der Tiefkühltruhe eingefroren war und nach dem Auftauen in sich zusammensank. »Nicht mehr besonders knackig.« Oma schüttelte den Kopf über ihre neuerdings unzuverlässige Marktfrau. »Als Spinat würde es vielleicht noch gehen«, schlug ich vor.

»Enkelinnen essen keinen Spinat«, rügte mich Oma. »Enkelinnen hassen Spinat.«

Und sie stopfte die Salatleiche entschlossen in den Müllbeutel. Mit diesem Müllbeutel musste man neuerdings auch vorsichtig umgehen, denn es konnte durchaus sein, dass unter Kartoffelschalen, Milchdosen und Kaffeefiltern eben jener schmerzlich vermisste Goldohrring begraben lag. Das war zumindest meine Theorie, weil manche Dinge einfach nie wieder auftauchten.

Die Fundquote war aber insgesamt recht hoch.

»Du bist ein richtiger Detektiv!«, sagte Oma, als ich triumphierend den Korkenzieher aus dem Kosmetikschränkchen fischte.

» Sherlock Holmes oder so was?«

»Erik Ode«, sagte Oma.

»Wer ist das?«, fragte ich.

»Der Kommissar. Aber den kennst du nicht, der war noch schwarzweiß. Ein Fernsehkommissar.«

»Wie Schimanski?«, fragte ich.

»Wer ist das?«, fragte Oma.

Wir einigten uns dann doch auf Sherlock Holmes.

»Gibt es auch Detektive mit Hund?«, fragte ich und erwog insgeheim die Möglichkeit, meine Eltern davon zu überzeugen, dass ich unbedingt einen ausgebildeten Schäferhund brauchte.

»Das glaube ich nicht. Die sind doch viel zu laut«, sagte Oma zu meiner Enttäuschung. »Höchstens noch mit Katze. Katzen können richtig schleichen.«

Heinos Ohren zuckten leicht.

Zu jener Zeit bekam ich auch einen eigenen Schlüssel zu Omas Wohnung. Ich klingelte trotzdem immer, wenn ich aus der Schule kam. Einfach die Tür aufschließen und reingehen, das wäre fast ein noch schlimmeres Gefühl gewesen, als in Omas Schlafzimmer einzubrechen.

Aber das mit dem Schlüssel war wichtig, wenn

wir in den Park gingen oder ins Kaufhaus. Dann konnte man sicher sein, dass wenigstens eine von uns einen Schlüssel hatte. Auch andere Leute hatten einen Schlüssel, Mama sowieso und Tante Rita und Frau Sturm. Tante Cleo nicht, die wohnte so weit weg. Je älter Oma wurde, desto mehr Schlüssel gab es zu ihrer Wohnung und das war ihr eigentlich gar nicht recht. »Was ist, wenn du ihn verlierst?«, fragte sie mich. »Ich verlier ihn aber nicht.«

»Und wenn doch? Du rennst immer so. Dann kann jeder, der ihn findet, einfach in meine Wohnung rein.«

»Der weiß doch dann gar nicht, zu welcher Wohnung er gehört.«

»Das sagst du so. Der braucht dir nur nachzugehen. Ich mache nachts bestimmt kein Auge mehr zu. Es passiert so viel in letzter Zeit. Man traut sich doch kaum mehr auf die Straße.«

Aber ich passte gut auf den Schlüssel auf, verstaute ihn im Seitenfach meiner Schultasche oder im Federmäppchen oder, wenn ich es ausnahmsweise mal wirklich ganz eilig hatte, in der Jackentasche. Das war auch nicht gefährlich, solang ich dann die Jacke nicht ins Fahrradkörbchen legte, was eigentlich so gut wie nie vorkam. Aber irgendwann war's mittags doch ziemlich warm, als die Schule zu Ende war, ich zog die Jacke aus und dann war der Schlüssel plötzlich weg.

Ich merkte es erst abends, als ich die Schultasche für den nächsten Tag packte. Im Seitenfach waren unser Hausschlüssel, mein kleiner Geldbeutel, die Haarspange mit dem Papagei, der Rheinkiesel mit dem Loch drin, den ich beim Schulausflug gefunden hatte, und ein zerknülltes Taschentuch. In der Jackentasche waren zwei zerknüllte Taschentücher, ein paar Konfetti vom letzten Fasnachtsumzug, der Radschlüssel, ein klebriges Hustenbonbon, eine italienische Münze, das Taschenmesser, aber nicht Omas Schlüssel. Im Federmäppchen befand sich außer dem kleinen braunen Plastikhund auch nur Schreibzeug, nicht Omas Schlüssel.

Es wurde eine der ersten schlaflosen Nächte meines Lebens. Ich durfte Oma nicht sagen, dass der Schlüssel weg war, sonst würde sie sich furchtbar aufregen und das musste man bei alten Leuten auf jeden Fall vermeiden. Im Fernsehen hatte ich schon oft gesehen, dass alte Leute sich aufregten, die Augen verdrehten, umfielen wie die Bretter, und dann konnte man von Glück sagen, wenn sie noch eine Zeit lang im Rollstuhl weiterleben konnten und sich mit Brei füttern ließen.

Aber wenn ich nun nichts sagte und sie hatte Recht und irgendjemand war mir gefolgt und hatte gemerkt, wohin der Schlüssel gehörte? Wenn ein Einbrecher in Omas Wohnung kam, dann würde sie sich erst recht aufregen, das war sicher, so sicher, das grenzte schon an Mord und ich war dann schuld, keiner würde es wissen, aber ich würde mein Leben lang jede Nacht auf den Friedhof schleichen und Blumen auf Omas Grab legen und alle Welt würde sich wundern, wer denn da so ein schlechtes Gewissen hatte.

Ich beschloss nicht mehr zu Oma zu gehen, denn so konnte mir keiner folgen und außerdem würde nie jemandem auffallen, dass ich keinen Schlüssel mehr hatte. Es war meine gerechte Strafe, nicht mehr zu Oma gehen zu dürfen. Ich weinte schon im Voraus und dann schlief ich ein.

»Kannst du Oma anrufen und sagen, ich ess heut bei Corinna?«, fragte ich Mama beim Frühstück. »Warum hast du ihr das nicht selber gesagt?« Mama guckte, ob ich gerade hinsah, und mogelte mir dann eine Scheibe Wurst aufs Pausenbrot. »Ich will keine Salami«, sagte ich. »Ich hab vergessen Oma das zu sagen.«

»Dass du keine Salami magst?« Mama spielte die Unschuldige, pulte aber die Wurst wieder vom Brot und legte sie Papa auf den Teller. »Ist gut, ich sag ihr Bescheid. Bestimmt ist sie enttäuscht.«

Wenn Oma erst wüsste, dass ich nie mehr zu ihr kommen würde!

»Deswegen musst du doch nicht weinen«, sagte Mama bestürzt. »Sie ist bestimmt nicht böse.«

Ich packte mein Pausenbrot ein, und als ich aus der Tür ging, hörte ich Papa sagen: »Man könnte meinen, sie kommt schon in die Pubertät.«

»Unsinn«, sagte Mama. »Das ist noch viel zu früh. Und Jungs findet sie blöd.«

Das stimmte, Jungs fand ich blöd, mit Ausnahme von Thorsten aus der Achten.

»Meine Oma ist krank«, sagte ich zu Corinna. »Kann ich bei euch zu Mittag essen?«

»Weiß nicht«, sagte Corinna unsicher. »So was müsste ich Mama doch vorher sagen, damit sie für dich mitkocht.«

»Kannst du sie dann fragen, ob ich morgen bei euch essen darf?«

»Mach ich«, sagte Corinna, weil sie meine beste Freundin war.

Einen Moment lang war ich nahe daran, ihr die Sache mit dem Schlüssel zu erzählen, aber wenn sie erfuhr, dass ich so was wie ein Mörder war, würde sie bestimmt nichts mehr mit mir zu tun haben wollen. Außerdem nannte man bei solchen Verbrechen diejenigen, die davon wussten und nichts sagten, »Komplizen«; die mussten dann auch ins Gefängnis, wenn's rauskam, und das durfte man nicht mal mit seiner besten Freundin machen.

Corinnas Mutter kochte auch ganz gut, nur den Kartoffelsalat mochte ich bei Oma lieber. Aber nach einer Woche wurde Corinnas Mutter ein bisschen nervös. »Wie geht's denn deiner Oma?«, fragte sie, als ich einen Krater in meine zweite Portion Kartoffelbrei bohrte und diesen mit Bratensoße füllte, bis sie auf allen Seiten runterfloss.

»Sie kann nicht aufstehen, wissen Sie«, sagte ich, »und nicht kochen.«

»Und wer kocht für sie?«, fragte Corinna.

»Sie kann auch gar nichts essen«, sagte ich und wurde rot. Damit's nicht so auffiel, fing ich an Soße und Kartoffelbrei mit der Gabel zu einer gleichförmigen Masse zu verarbeiten, was den Blick von Corinnas Mutter auch prompt von meinen roten Ohren ablenkte.

»Hast du dich mit Oma gestritten?«, fragte Mama beim Abendessen.

»Nein, warum?«

»Weil du nicht mehr hingehst«, sagte Mama und warf Papa einen Hilfe suchenden Blick zu. »Corinnas Mutter hat mich angerufen. Du kannst doch nicht jeden Tag bei fremden Leuten essen.«

Mir wurde ganz heiß und diesmal waren weder Kartoffelbrei noch Soße für ein Ablenkungsmanöver vorhanden.

»Wieso gehst du denn nicht mehr hin?«, fragte Mama. Ich schwieg.

»Hat sie irgendwas Dummes gemacht?« Mama war auffallend vorsichtig. »Du weißt doch, sie wird alt und kann nicht mehr so und manchmal redet sie dummes Zeug. Das darfst du nicht so ernst nehmen.« Ich schwieg und fühlte, wie ich immer tiefer in einen zähen, heißen Sumpf hineinglitt, so was wie Kartoffelbrei mit viel zu wenig Milch.

»Du willst sie nicht verraten, nicht wahr?«, sagte Mama und seufzte und Papa grunzte irgendwas, das als Betroffenheit, nicht aber als Einmischung verstanden werden sollte.

»Jetzt wein doch nicht schon wieder«, sagte Mama. »Du musst ja nicht mehr bei Oma essen, aber dann müssen wir halt schauen, wie wir das machen mit dem Essen. Du kannst jedenfalls nicht ständig bei Corinnas Mutter auftauchen und denen die Haare vom Kopf fressen. So was tut man nicht. Vielleicht koch ich dir dann abends eine Kleinigkeit.«

»Vielleicht ist es sogar besser, sie geht nicht mehr so oft hin«, sagte Papa mutig. »Das ist in letzter Zeit ja auch wahrlich keine Freude mehr mit Mutter.«

Mama seufzte.

»Die arme alte Frau.« Und zu mir: »Jetzt heul doch nicht so.«

»Ich fahr zu Oma«, sagte Mama am schulfreien Samstagmorgen. »Kommst du mit?«

Ich schüttelte entsetzt den Kopf.

»Und warum nicht?«

»Wir schreiben am Montag eine Arbeit. Erdkunde.«

»Ihr dürft doch montags gar keine Arbeiten schreiben«, sagte Papa und runzelte die Stirn. »Es ist nur ein Test«, sagte ich schnell. »Dann kann's ja nicht so wild sein«, sagte Mama. »Du hast doch noch den ganzen Nachmittag Zeit.«

»Heute Nachmittag gehe ich zu Corinna«, sagte ich. »Wir wollen einen Club gründen.«

Ein Club, das war eine gute Idee! Ich war ganz stolz auf mich. Das klang auf jeden Fall wichtig. Aber nicht mal das konnte die Eltern ablenken, die waren heute wirklich stur.

»Es gehört sich einfach nicht, dass du Oma überhaupt nicht mehr besuchst«, sagte Papa. »Du rufst jetzt Corinna an und sagst ihr ab.« Und wenn er mal was in dem Tonfall sagte, gab's wirklich keine Ausrede mehr.

Vom Fenster meines Zimmers aus spähte ich in den Garten, denn wenn der Einbrecher mich beobachtete und mir folgte, musste er sich in der Zeit, in der ich zu Hause war, hinter irgendeinem Busch verborgen halten. Es war nichts zu sehen außer einem Eichhörnchen, das, als es mich entdeckte, in wilden Spiralen den Nussbaumstamm hinaufkreiste.

»Was schaust du dich denn ständig um?«, fragte Mama vom Vordersitz her.

»Werden wir verfolgt?« Papa lachte. Dann verstellte er seine Stimme, so dass sie viel tiefer klang: »Soll ich ihn abhängen?« Er trat aufs Gaspedal und der Wagen machte einen unkontrollierten Hüpfer und Mama sagte: »Ernst!«, weil Papa so heißt und er ihr zu schnell fuhr.

Wenn ihr wüsstet, dachte ich und fühlte mich ganz jämmerlich.

Heino kriegte sich kaum wieder ein in seiner Wiedersehensfreude. Er machte mir ein ganz schlechtes Gewissen, wie er da an mir hochsprang und winselte und ganz schmerzirre Augen hatte. Oma sprang nicht an mir hoch und winselte auch nicht, aber ihre Augen waren fast noch schlimmer, sie waren so, dass ich nicht wusste, ob ich ihr jetzt in die Arme fallen und laut weinen oder mich umdrehen, weglaufen und nie wieder zurückkommen sollte. Ich tat weder das eine noch das andere, sondern küsste sie nur wie üblich zur Begrüßung auf die Wange.

»Da bist du ja wieder mal«, sagte Oma. »Heino hat sich ganz schön gewundert, dass du so lange nicht mehr mit ihm spazieren gegangen bist.«

Ich nutzte das, um mich zu Heino auf den Boden zu kauern. Er krümmte sich in meinen Arm. »Du Armer«, sagte ich. »Denkst du etwa, ich hab dich vergessen? Ich hab dich doch nicht vergessen, ich hab ganz viel an dich gedacht, aber ich konnte nicht kommen, weißt du.«

»Ich koche euch einen Kaffee«, sagte Oma.

»Lass, ich mach das schon.« Mama verschwand in der Küche.

Die Skelettuhr schlug.

»Es klingelt.« Papa machte den Versuch zu scherzen. »Das war die Uhr«, sagte Oma streng und bückte sich um ein Tischtuch aus dem unteren Kommodenfach zu fischen.

»Manon, deck du doch den Tisch«, sagte Mama. »Aber wasch dir vorher die Hände.«

Oma breitete das Tischtuch aus, zog es eine Weile hin und her, bis die ganze Fläche des Tischs abgedeckt war. Ich holte das Kaffeegeschirr aus dem Schrank, was nicht einfach war, denn ich musste mich strecken und außerdem waren meine Hände ganz verschwitzt, so dass ich das Geschirr kaum halten konnte. Das war auch wirklich zu viel, die Augen von Heino und Oma und dann noch der Einbrecher, der vielleicht jetzt auf der anderen Straßenseite hinter der Litfaßsäule stand und nur darauf wartete, dass wir wieder wegfuhren um sofort in Omas Wohnung einzudringen und sie zu Tode zu erschrecken, meine Oma, die dann nie wieder ein Tischtuch ausbreiten und über die nicht sauber ausgewaschenen Flecken den Kopf schütteln würde.

Die Tassen klapperten gefährlich, als ich sie auf die Unterteller setzte.

»Pass doch ein bisschen auf!«, sagte Mama.

»Welche Löffel?«

»Die silbernen.«

Ich zog die Schublade auf und nahm vier kleine Silberlöffel heraus. Als ich die Schublade wieder zuschieben wollte, fiel mein Blick auf meinen Schlüssel.

Es war unverkennbar mein Schlüssel, besser gesagt: Omas Schlüssel oder mein Schlüssel zu Omas Wohnung. Es war der Schlüssel, das konnte man am Schlüsselanhänger sehen, einem kleinen Gummimaulwurf mit Sturzhelm und einer Schaufel über der Schulter, ein Geschenk von irgendeiner Baufirma, über die Papa immer sagte, blind wie die Maulwürfe wären die ja, aber der Anhänger war süß und Corinna hatte ganz neidisch gekuckt, als ich ihn zum ersten Mal dabei hatte, aber inzwischen interessierte sie sich nicht mehr für so was. Meine Finger zitterten, als ich den Maulwurf an seiner Schaufel aus der Schublade hob.

»Ach ja, der Schlüssel«, sagte Oma. »Den hast du letztes Mal liegen lassen. Nimm ihn nur wieder mit.«

»Willst du auch ein Stück Hefezopf?«, fragte Mama.

Als wir gingen, fragte Oma:

»Und wann kommst du wieder zum Essen?«

»Montag?«, schlug ich vor und blinzelte nervös. »Montagnachmittag haben wir doch Sport.«

»Dann kochen wir was, was besonders viel Kraft gibt«, sagte Oma und rieb sich die Hände. »Dann kannst du dich wehren.«

Die erste Gelegenheit, sich auszusperren, hatte Oma jeweils morgens vor dem Frühstück, wenn sie die Zeitung reinholte. Aus dieser Zeitung wusste sie übrigens, dass in letzter Zeit so viel passierte. Sie las mir immer die interessantesten Meldungen vor, wenn ich aus der Schule kam, und mit besonderem Genuss las sie, wenn alte Frauen und ihre gestohlenen Handtaschen drin vorkamen. Für die frühe Uhrzeit war dann Frau Sturm zuständig, die musste man anrufen, denn ich war um diese Zeit mit dem Schlüssel in der Schule und Mama und Tante Rita waren bei der Arbeit. Nur wenn Frau Sturm gerade mit ihrem Foxl Gassi ging, dann konnte es passieren, dass Oma erst mal eine Weile im Bademantel im Treppenhaus stand. Richtig schlimm wurde es meistens nicht, denn Frau Sturm war zu dick um lange Spaziergänge zu machen.

»Und natürlich kommt gerade Herr Wenzel aus der Tür«, erzählte mir Oma beim Mittagessen und wurde noch nachträglich ganz rot. »Ich steh da in meinem alten Bademantel mit den ausgefransten Taschen, den hab ich doch seinerzeit gekauft, wie ich die Gallenoperation hatte, da kannst du dich gar nicht dran erinnern, und in Pantoffeln. Und dann wollte mich der Herr Wenzel tatsächlich zum Kaffee einladen. In dem Aufzug!« Und obwohl sie inzwischen den Bademantel natürlich nicht mehr trug, sah sie mit dem Ausdruck tiefster Abscheu an sich herab. »Ich hab natürlich nein gesagt. Was denkt denn der von mir.«

Herr Wenzel war der beliebteste Witwer im ganzen Haus. Er hatte, obwohl er schon so alt war, irgendwas Besonderes, ich glaube, in den Augen. Wenn er einen so richtig ansah, konnte man sich vorstellen, dass der mal Frauen gerettet hatte.

Das mit dem Bademantel musste für Oma ungefähr so gewesen sein, wie wenn ich plötzlich im Schlafanzug vor Thorsten aus der Achten stehen würde. Entsetzlich! Der hätte mich aber bestimmt nicht zum Kaffee eingeladen, sondern furchtbar gelacht, und ich hätte dann die Schule wechseln müssen um ihm nie mehr zu begegnen und das war ziemlich umständlich, denn im anderen Gymnasium in der Stadt hatten sie Latein als erste Fremdsprache und ich hatte mit Französisch angefangen und das mit dem Latein war schwer einzuholen, da musste ich bestimmt Nachhilfestunden nehmen, davon abgesehen, dass ich Latein blöd fand, weil man das in keinem Land sprach, in das man fahren konnte, noch nicht mal in Rom, obwohl da der Papst wohnte. Oma fand das mit Herrn Wenzel auch peinlich, aber aus der Wohnung ausziehen wollte sie trotzdem nicht. Irgendwie schien sie's sogar ganz lustig zu finden. Dass etwas so Peinliches gleichzeitig lustig sein kann, das kommt nur bei Erwachsenen oder bei alten Leuten vor. Man braucht als Kind gar nicht erst zu versuchen das zu verstehen.

Herr Wenzel selbst besaß bestimmt keinen Bademantel. Er sah aus, als würde er sich abends mit seinem sandfarbenen Anzug ins Bett legen – sandfarben, das sagte Oma, und wie sie das sagte, knirschte es geradezu zwischen den Zähnen – und am nächsten Morgen völlig unzerknittert wieder aufstehen. Vielleicht schlief er auch gar nicht. Nur seine Stirn war immer zerknittert; es war also auch möglich, dass er die ganze Nacht gegen seinen Computer Schach spielte. Das war nämlich sein Hobby. Bestimmt ist er einmal ein sehr kluger Mann gewesen.

»Mach dich doch mal richtig schön und sperr dich dann wieder aus!«, schlug ich vor.

»Rede keinen Unsinn«, sagte Oma, hatte aber so ein Blitzen in den Augen wie bei einer guten Idee. Schade, dass Thorsten nicht im selben Haus wohnte wie ich. In der Schule waren solche Tricks schwieriger auszuführen, da waren immer so viele andere Mädchen und Jungen, die kicherten, und sogar Bianca hatte vorige Woche in der kleinen Pause zwischen der Mathedoppelstunde betont, der Thorsten sei »süß«. Du meine Güte, süß, die dumme Kuh! »Du bist doch so ein kluges Mädchen«, sagte Oma, wenn ich ihr von Thorsten erzählte. »Du hast es doch gar nicht nötig, den Jungs nachzulaufen.«

»Er guckt aber so lieb.« Ich seufzte.

»Dann lad ihn ins Kino ein.«

»Dann musst du Herrn Wenzel einladen«, konterte ich. »So ein feiner Herr wie Herr Wenzel geht nicht ins Kino«, sagte Oma würdig. »So einer geht höchstens in die Oper. Und das ist mir zu teuer, außerdem habe ich dafür nichts anzuziehen.«

Aber immerhin kaufte sie sich einen neuen Bademantel.

4.

Gut, dass sie Frau Sturm hat«, sagte Mama.

»Ja, da kann man froh sein«, sagte Papa.

Ich schnitt mein Butterbrot in lauter kleine Dreiecke, wie ich es immer tat, wenn ich eigentlich gerne protestiert hätte, aber nicht damit rechnen konnte, dass jemand das, was ich sagen wollte, auch verstehen würde. »Da hat sie doch immerhin jemanden, der nach ihr schaut. Frau Sturm ist ja noch ganz rüstig.«

»Aber ich schau doch nach ihr.« Jetzt konnte ich mich doch nicht mehr zurückhalten.

»Natürlich, Kind. Du schaust auch nach ihr«, sagte Mama und hatte so ein großzügiges Lächeln, wie wenn Selma ihre krakeligen Kindergartenzeichnungen vorzeigte.

Ich hielt den Mund und schnitt noch mehr Butterbrotdreiecke.

»Weißt du, das ist etwas anderes. Frau Sturm ist eben eine richtige Freundin für Oma«, sagte Papa. »Im gleichen Alter, die gleichen Erfahrungen. Da kann man über vieles reden. Und Frau Sturm kuckt jeden Tag nach, ob alles in Ordnung ist, und wenn mal was ist, merkt sie es ganz schnell.«

»Mal was« – das tauchte immer häufiger auf. Keiner wollte einem sagen, worum es sich bei diesem »mal was« genau handelte. »Es könnte eben ›mal was‹ sein.« Das war alles, mehr wollten sie nicht sagen. Aber ich machte mir schon meine eigenen Gedanken. Oma hatte auch schon so braune Flecken auf den Händen wie Opa damals, und wenn sie auch keine Zigarren rauchte, so war es doch klar, dass sie alt war und vielleicht bald sterben konnte.

Einmal im Jahr, wenn ich Sommerferien hatte, fuhr Oma für eine Woche in den Schwarzwald. Das hatte sie schon getan, bevor wir in die Stadt zogen. Seit Opas Tod fuhr sie jedes Jahr ins selbe kleine Dorf im südlichen Schwarzwald und wohnte dort in der selben kleinen Pension, immer im selben Zimmer mit Holzbalkon und Aussicht auf die Wälder. Sie sagte, morgens kämen manchmal Rehe auf die Lichtung vorm Haus. Heino nahm sie mit, wenn sie da hinfuhr. »Dem tut die Höhenluft auch gut«, sagte sie.

Ich fand eigentlich, dass er jedes Mal nach der Rückkehr einen ziemlich gestressten Eindruck machte. Das konnte auch am Zugfahren liegen, denn Fahren – ob im Bus, Zug oder Auto – gefällt Heino überhaupt nicht. »Kann man sie dieses Jahr überhaupt fahren lassen?«, fragte Papa. »Sie ist so alt geworden.«

Mama zuckte die Achseln.

»Viel anstellen kann sie ja eigentlich nicht. Keine Kochplatten im Zimmer, und wenn sie sich ausschließt, ist das auch nicht schlimm. Verlaufen könnte sie sich allerdings, beim Wandern.«

»Wohl ist einem dabei jedenfalls nicht«, sagte Papa. Aber dann konnte einem doch noch wohler werden, denn Frau Sturm beschloss kurzerhand Oma in den Urlaub zu begleiten. Mitsamt Foxl.

»Bis jetzt hatten wir da oben immer so schön unsere Ruhe, Heino und ich«, seufzte Oma. »Wenn ich an die wunderbaren Spaziergänge denke! Diese Stille!« Aber ich hatte gleich den Verdacht, dass sie über die Reisebegleitung im Grunde ganz froh war. Sie sah fast fröhlich aus, als sie ihren Schirm einpackte.

Zum Abschied backte sie sogar wieder mal ihren berühmten Hefezopf, dabei hatte sie solche größeren Küchenaktionen eigentlich schon lang aufgegeben. Wenn sie Besuch bekam und irgendwas zum Kaffee brauchte, schickte sie mich in letzter Zeit immer in die Bäckerei, da konnte nicht viel schief gehen. Der Hefezopf gelang und brannte nicht an, und was wir nicht gleich aufaßen, packte Oma mir in Folie ein und steckte es in meinen Schulranzen. »Frau Sturm darf das sowieso nicht essen«, sagte sie. »Da ist zu viel Zucker drin.« Am nächsten Morgen fuhr Papa Frauen, Hunde und Koffer zum Bahnhof. Weil ich Sommerferien hatte, durfte ich mitkommen. Papa stieg mit in den Zug ein und wuchtete die Koffer in die Gepäckablage. Ich stand draußen und war ganz aufgeregt, denn ich befürchtete, er würde nicht rechtzeitig wieder aussteigen und müsste dann für eine Woche mit in den Schwarzwald fahren. Da hätte ich dann gestanden mit unserem Auto, das ich nicht fahren konnte, und ohne Kleingeld fürs Telefon. Vielleicht würden sie mich im Bahnhof telefonieren lassen, wenn ich sagte, es wäre ein Notfall. War das ein Notfall, wenn einem der Vater mit dem Zug wegfuhr, oder galt das erst dann, wenn etwas ganz Schlimmes passierte, wenn einem zum Beispiel der Vater vom Zug überfahren wurde?

»Jetzt wink aber auch«, sagte Papa neben mir.

Der Zug fuhr an, Oma und Frau Sturm winkten aus dem Abteilfenster. Oma durfte nach vorn, weil wir ihre Angehörigen waren. Frau Sturm durfte nur so ein bisschen von hinten winken.

»Soll ich dich noch irgendwohin fahren? Zu Corinna vielleicht?«, fragte Papa.

»Nö«, sagte ich. Ich wollte lieber nach Hause in mein Zimmer und mir ein bisschen verlassen vorkommen.

Nur ein paar Tage später war dann »mal was«. Und es war wirklich gut, dass Frau Sturm dabei war und dass Mama das Telefon so laut gestellt hatte, denn es war Sonntag und wir lagen alle noch im Bett. Ich hörte Mama die Treppe hinuntersausen. Sie redete am Telefon mit jemandem, der nicht mein Bruder sein konnte oder sonst jemand, den wir näher kannten, weil ihre Stimme dann nämlich tiefer war, das konnte man deutlich hören.

Schließlich kam sie so langsam die Treppe wieder rauf, als müsste sie eine schwere Last mit heraufschleppen. Sie ging ins Schlafzimmer und jetzt war die Stimme wieder tiefer, aber aufgeregt, und die von Papa auch.

Ich beschloss noch ein bisschen zu schlafen und dann in einem freundlicheren Moment wieder aufzuwachen. Aber ich hatte kaum die Augen geschlossen, als Papa die Tür aufmachte und leise fragte: »Bist du wach?«

»Mhmmm ...«

»Dann steh auf und komm frühstücken. Ich muss Oma holen, wenn du willst, kannst du mitkommen.« Oma, erfuhr ich beim Frühstück, war abends auf dem Heimweg in die Pension in einen Graben gefallen. »Was für einen Graben denn?«

»So was von einer Baustelle. War nicht gesichert. Wahrscheinlich ist es auch schon dunkel gewesen.«

»Und hat sie sich sehr weh getan?«

»Das Bein gebrochen, sagt Frau Sturm.«

»Das ist doch nicht so schlimm.« Ich war ganz beruhigt. Corinna hatte sich auch schon mal das Bein gebrochen, beim Rollschuhlaufen, und mein Bruder auch, nicht beim Rollschuhlaufen, das fand er albern, und an diesen Unfällen war jeweils nur dieses dumme Gipsbein lästig gewesen, das man wochenlang mit sich rumschleppen musste.

»Bei alten Leuten ist das schwieriger«, sagte Papa. »Da wachsen die Knochen nicht mehr so gut zusammen.«

»Bleibt das Bein dann für immer gebrochen?«, fragte ich.

»Nein, sicher nicht, aber es kann dauern. Man muss halt mal sehen.«

»Frau Sturm hat nicht aufgepasst.« Irgendwie befriedigte mich das.

»Sei nicht ungerecht«, sagte Papa. »Sie ist doch kein Kindermädchen. Und du weißt ja, wie Oma beim Gehen immer in der Gegend rumkuckt, damit ihr bloß nichts entgeht. Fast so schlimm wie du. Ein Wunder, dass so was nicht schon viel früher passiert ist.«

Oma war fast so weiß wie ihr Gipsbein. Heino sah daneben richtig braun gebrannt aus, aber das lag vielleicht daran, dass die Sonne durch die kleinen Fensterscheiben so schön auf seinem Fell leuchtete. Frau Sturm war fast noch bleicher als Oma und der Foxl. Während Papa und Frau Sturm sich drinnen darum bemühten, Oma in einen transportfähigen Zustand zu versetzen, ging ich auf den Balkon und schaute den Belchen an. Jedes Jahr hatte Oma den Berg so angeschaut, seit vielen Jahren schon. Vielleicht war sie sogar mal mit Opa da gewesen und in Bergnot geraten und er hatte sie gerettet. Schließlich war er ein Held gewesen. Aber so ein Abenteuer hätte sie mir bestimmt längst erzählt. »Nie mehr werde ich hierher kommen«, sagte Oma dumpf aus der Decke heraus, in die man sie trotz sommerlicher Temperaturen gewickelt hatte. »Sag doch so was nicht, Mutter«, sagte Papa und tat fröhlich. »Nächstes Jahr erklimmst du hier wieder sämtliche Gipfel.«

»Das war das letzte Mal. Ich weiß das genau«, sagte Oma und sah noch mal hinaus auf den grünen Berg. Und sie hat im Nachhinein Recht behalten.

Frau Sturm sah aus, als würde sie jeden Moment in Tränen ausbrechen.

Zu sechst – vier Menschen, zwei Hunde – fuhren wir nach Hause. Oma musste noch mal ins Krankenhaus. »Da ist sie wenigstens versorgt«, sagte Mama. Wir mussten uns erst mal nur um Heino kümmern, der nach der Autofahrt wieder tagelang beleidigt war und vor lauter Beleidigtsein die Abwesenheit seines Frauchens kaum zu bemerken schien.

»Treulose Tomate«, sagte ich.

Die Eltern sprachen mit den Ärzten und es gab etwas, was ich nicht wissen durfte. Es war, wie ich den Ablenkungsmanövern entnahm, nicht ein Geheimnis, durch das ich geschont werden sollte, sonst hätten sie noch ernster geschaut. Es machte eher so den Eindruck, als gäbe es etwas Peinliches, das ich nicht herumerzählen sollte. Was ich auch bestimmt nicht getan hätte, aber Eltern trauen ihren Kindern ja in dieser Hinsicht nichts zu. Stattdessen weckten die gesenkten Stimmen und die viel sagenden Blicke meine Neugier. Mein Bruder war offenbar in das peinliche Geheimnis eingeweiht, wollte aber auch nichts sagen.

»Du musst nicht alles wissen«, sagte er, als ich

bohrte. »Ich muss nicht, aber ich will!«, jammerte ich.

»Ich will darf man nicht sagen«, sagte Selma triumphierend. »Man darf nur ich möchte sagen.«

Aus dieser Ecke war auch nichts zu erfahren.

Oma musste lange im Bett liegen und dann noch einmal lange ruhig im Sessel sitzen und da war ich schon froh, dass es Frau Sturm gab. Die nahm den Hund mit raus und kochte für Oma und leistete ihr Gesellschaft, wenn ich im Schwimmbad war. Mama konnte nicht dauernd freinehmen und kam erst nach Feierabend. Frau Sturm kochte gut, ihre Würstchen platzten nicht und es brannte auch nichts an. Sie selbst aß aber meistens gar nicht mit, oder wenn, dann nur die Kartoffeln. »Wegen meinem Zucker«, sagte sie.

Und Frau Sturm spielte für ihr Leben gern Mensch-ärgere-dich-nicht und ärgerte sich tatsächlich nicht. Oma und ich dagegen waren jedes Mal beleidigt, wenn eine unserer Figuren vom Spielfeld flog.

Manchmal, wenn Oma schlief, konnte man sogar mit Frau Sturm reden. Sie war auf dem Land aufgewachsen, mit allen möglichen Tieren und ein paar Brüdern, mit denen sie sich geprügelt hatte, und einem Bach und einer Mutter, die ständig krank war. Sie hatte früh auf dem Feld arbeiten müssen und meinte, ich könne froh sein, dass ich zur Schule gehen dürfe, aber das war typisch, das konnten Erwachsene immer leicht sagen, weil sie selber ja nicht dahin mussten und keinen Sportunterricht hatten, schon gar nicht bei Frau Rettich.

»Und Ihr Vater?«, wollte ich wissen.

Sie winkte ab. »Papa? Der hatte einen schweren Unfall, als er noch recht jung war. Ein Heuwagen ist umgekippt und er lag drunter. Nach dem Unfall konnte er nicht mehr arbeiten. Dafür hat er getrunken.« Sie würfelte eine Sechs, zog ihre letzte verbleibende Figur aufs Spielfeld und seufzte, als sei das ein sehr nachteiliger Spielzug.

»Wenn den Leuten das Leben zu hart wird, wenn sie krank werden, dann fangen sie an zu trinken. So ist das immer gewesen und so ist das mit deiner Oma.« Sie sah vom Spielfeld auf und wurde rot. »Das hast du doch gehört, oder?«

»Jaja«, sagte ich und würfelte. Eine Drei, die nirgendwohin führte, weil ich vor dem Loch stand und nur eine Zwei brauchen konnte.

»Nicht, dass sie Alkoholikerin wäre«, stotterte Frau Sturm, die mir nicht glaubte. »Sie hat nur gern einmal ein Gläschen getrunken, mal ein Schnäpschen vor dem Schlafen oder ein Viertele zum Essen. Wie sie in die Grube gefallen ist, hatte sie höchstens zwei Weißweinschorlen getrunken oder drei.«

Oma bekam keinen Kräuterschnaps mehr zu Weihnachten.

Irgendwann konnte Oma auch wieder aufstehen. Zum Gehen brauchte sie von da an einen Stock. Mit dem konnte sie sich gar nicht anfreunden. Er stand einsam in einer Ecke und sie pflegte ihn jedes Mal erst eine Zeit lang hasserfüllt anzustarren, bevor sie sagte: »Manon, reich mir den Stock, wir gehen hinaus.« Sie sah jetzt wieder oft traurig aus und backte nie wieder einen Hefezopf.

Frau Sturm und ihr Foxl wohnten in einem kleinen Haus, das von einem großen Garten umgeben war. Wenn es das Wetter nur irgendwie erlaubte, hielt sich Frau Sturm in diesem Garten auf. Da wuchs überhaupt nichts Besonderes. Es gab zwar einen Sauerkirschbaum, aber der trug jeden Sommer nicht mehr als ein Dutzend Früchte, die alle von den Amseln gefressen wurden. Ein Forsythienstrauch blühte jedes Frühjahr, was das Zeug hielt, aber ansonsten gediehen in diesem Garten auch die Blumen nur recht spärlich.

Man kann wirklich nicht behaupten, dass Frau Sturm in ihrem Garten übertrieben fleißig arbeitete. Es genügte ihr, sich mitten hineinzusetzen und ihn anzusehen. Sobald ihr im Frühjahr ein erster wärmerer Sonnenstrahl durchs Wohnzimmerfenster auf die Schulter tippte, zog sie sich so dick an, wie es eben noch nötig war, klappte auf dem Rasen einen bequemen Stuhl auseinander und sank mit ihrem ganzen beträchtlichen Gewicht hinein. Der Foxl sprang ihr auf den Schoß, und als er dann so alt war, dass er nicht mehr springen konnte, zitterte er so lange mit den Vorderbeinen, bis sie sich seiner erbarmte und ihn auf ihre breiten Knie baggerte.

»Uns geht's doch gut«, sagte sie, während sie in die Sonne blinzelte.

Aber dann durfte Frau Sturm mit einem Mal nicht mehr in ihrem Garten sitzen. Sie erzählte es Oma bei einem Spaziergang im Park und ich bekam die Geschichte mit einem Ohr mit.

»Wie ist denn so was möglich?«, fragte Oma.

Ich tat so, als hörte ich nicht zu, und drehte mich nach dem Foxl um, der in letzter Zeit sehr langsam geworden war und jedes Mal beinahe umfiel, wenn er an einer besonders interessanten Stelle das Bein heben wollte. »Sie wissen doch, das Haus gehört mir nicht«, sagte Frau Sturm. »Ich darf nur darin wohnen, solange ich lebe. Und nun dauert das den richtigen Hauseigentümern allmählich zu lange und sie werden böse. Ihr Anwalt ist draufgekommen, dass wohnen sich eigentlich nur auf das Haus bezieht, nicht auf den Garten, dass ich am Garten also überhaupt keine Rechte habe. Und nun haben sie ihn mir verboten.«

»Wollen sie ihn denn selber benutzen?«, fragte Oma.

»Die Eigentümer? Ach wo«, sagte Frau Sturm. »Sie wohnen doch nicht einmal hier in der Gegend.«

»Das ist doch gemein, oder?«, wollte ich beim Abendessen bestätigt haben.

»Gemein ist das wirklich«, sagte Papa. »Ich weiß nicht, warum Menschen einander so was antun.«

»Die arme Frau«, sagte Mama.

Frau Sturm saß also nicht mehr in ihrem Garten. Es wurde Frühling, die Forsythie blühte, als sei noch alles in Ordnung, und auch ein paar Krokusse gab es in diesem Jahr, weil der alte Foxl nicht mehr dazu kam, die Zwiebeln auszubuddeln. Oma und ich holten nun unsererseits Frau Sturm zum Spazierengehen ab, aber manchmal hatte sie gar keine Lust uns zu begleiten. Sie verblasste immer mehr in ihrer Wohnung und das lag vielleicht daran, dass sie die Vorhänge zum Garten hin zugezogen hielt und kein Licht mehr reinkam. »Wenn ich den Garten nicht benutzen kann«, sagte sie, »dann will ich ihn auch nicht sehen.«

Noch im gleichen Sommer kam die nächste Attacke. Die Hauseigentümer schrieben Frau Sturm einen Brief, in dem stand, die beiden hohen Kiefern an der Giebelseite müssten unbedingt gefällt werden. »Da stehen sie . . . ich hab sie selbst gepflanzt, das ist nun schon Jahrzehnte her, Jahrzehnte.« Frau Sturms Stimme zitterte, während sie die Vorhänge ein Stück aufzog und hinausdeutete. Sie war noch blasser als sonst und hatte verweinte Augen. »Das geht aber zu weit«, sagte Papa abends und ging ans Telefon.

Die Kiefern wurden nicht gefällt, aber eine Woche später sagte der Briefträger zu Oma, der Foxl von Frau Sturm winsle und belle schon den ganzen Morgen, Herr Rüger aus dem Haus gegenüber habe ihm das gesagt und niemand mache die Tür auf.

Oma und ich taten so, als würden wir was essen, weil ich gerade aus der Schule gekommen war, aber dann griff Oma zu ihrem Stock und ich lief voraus zu Frau Sturms Haus. Wir klingelten Sturm. Auch wir konnten den Foxl winseln hören. Er musste direkt auf der anderen Seite der Haustür stehen, denn von Zeit zu Zeit tapsten seine Krallen von innen gegen das Holz. »Vielleicht ist sie nur mal weggegangen«, sagte ich mutlos.

Aber wir wussten beide, dass das sehr unwahrscheinlich war. Der Foxl winselte nie, wenn man ihn allein ließ, er war ein äußerst ruhiger, wenn auch schlecht gelaunter Hund, und außerdem führte Frau Sturm auf Grund ihres Diabetes ein sehr geregeltes Leben und war um diese Zeit immer zu Hause, weil sie da was essen musste. »Wenn ich nur einen Schlüssel hätte!« Oma war ganz verzweifelt. »Sie hat ja meinen Schlüssel, weil ich die vertrottelte Alte bin. Aber man hätte doch dran denken können, dass mit ihr auch mal was sein kann.«

Mama rief vom Geschäft aus die Polizei an, denn die kannten sich am besten aus, wenn es darum ging, verschlossene Türen aufzubrechen. Das konnte man im Fernsehen immer wieder sehen.

»Geh besser nicht rein, Mutter«, sagte Mama. »Du siehst ganz schlecht aus.«

»Natürlich gehe ich da rein«, sagte Oma und schob energisch ihr Kinn vor. »Schließlich ist sie meine beste Freundin.«

Diesmal war ich kein bisschen eifersüchtig.

Der Foxl knurrte wild, war aber zu erschöpft um die Polizisten in die uniformierten Waden zu beißen. Er wich vor dem Eindringen der vielen Leute in eine Ecke hinter dem Dielenschrank zurück und starrte mit seinen halb blinden Augen verständnislos dort hervor. »Beruhige ihn ein bisschen«, sagte Mama, weil sie nicht wollte, dass ich ins Schlafzimmer mitging. Ich wollte auch gar nicht da rein. »Aber pass auf, dass er dich nicht beißt.«

»Komm doch vor, kleiner Junge«, sagte ich, weil Frau Sturm den Foxl immer so nannte. »Frau Sturm, können Sie mich hören?«, hörte ich Omas Stimme aus dem Nebenzimmer. Ich hatte es schon immer komisch gefunden, dass man seine beste Freundin siezte.

Ich bekam den Foxl am Genick zu fassen. Er schnappte halbherzig nach mir und stemmte seine Beine in Gegenrichtung, als ich ihn über den glatten Steinboden hervorzog.

»Rufen Sie den Notarzt«, hörte ich einen der Polizisten sagen. Eine grüne Uniform hastete an mir vorbei, offensichtlich auf dem Weg zum Telefon. Ich drückte den zitternden Hund an mich. Mama tauchte im Türrahmen auf.

»Sie lebt«, sagte sie und versuchte beruhigend zu lächeln. »Aber sie kann nicht sprechen.«

Dann schickte sie mich mit dem Foxl nach Hause. Zu Oma konnte ich mit ihm nicht zurück, denn Heino hätte ihn wahrscheinlich auseinander genommen. Als Kumpan zum Spazierengehen war er ja beliebt, aber im eigenen Revier duldete Heino keinen noch so alten und lahmen Rivalen.

Mama und Papa, die sonst zum Thema »ein Hund im Haus« immer eine Menge zu sagen hatten, schwiegen diesmal, als ich dem Foxl vor meinem Bett Decken und Kissen hinlegte. Er winselte immer noch ein bisschen, schlief aber bald ein. Fressen wollte er am nächsten Morgen nicht, obwohl Mama ihm extra seinen Napf und sein Futter aus Frau Sturms Wohnung mitgebracht hatte.

»Armer alter Kerl«, sagte Papa.

Oma und ich besuchten Frau Sturm im Krankenhaus. Sie sah gar nicht mehr dick aus, nur noch breit, wie sie da so weiß lag und uns anstarrte.

»Guten Tag, Frau Sturm«, sagte ich. Und weil sie nicht antwortete: »Sie sind gut beieinander.«

Inzwischen wusste ich ja, dass das als Kompliment gemeint war.

Als wir wieder gingen, hatte Oma ganz dünne Lippen.

»Ich finde den Schlüssel nicht«, sagte sie und wühlte in ihrer Handtasche. »Ich bin ganz sicher, dass ich ihn eingesteckt habe.« Aber in der Handtasche fand sie nur ihr Taschentuch.

Frau Sturm starb am Dienstag, der Foxl am Donnerstag. Ich durfte ihn in der hinteren Ecke des Gartens begraben, dort, wo auch bei uns ein Forsythienbusch wuchs, der zwar dünn, aber zumindest jedes

Frühjahr blühte. »Und jetzt hör auf zu weinen«, sagte Mama. »Er war doch schon so alt. Blind und fast lahm. Er hätte sich sowieso nicht mehr an einen neuen Besitzer gewöhnt. So war es das beste für ihn.«

Bis dahin hatte ich immer gedacht, Sterben wäre das Allerschlimmste, was einem passieren könnte. Nun sollte es doch noch etwas Schlimmeres geben. Das klang allzu sehr nach einem billigen Trost. Wahrscheinlich fiel den Erwachsenen selbst nichts Besseres ein um das alles zu entschuldigen.

Frau Sturm wurde am Freitag beerdigt.

Oma stritt mit Mama, weil sie wollte, dass ich mit auf die Beerdigung käme.

»Lass doch das Kind in Ruhe«, sagte Mama. »Was hat es denn schon mit der armen Frau Sturm zu tun. Das mit dem Hund hat sie schon genug mitgenommen.«

»Es wäre gut für sie, wenn sie mitkäme«, beharrte Oma.

Aber ich durfte nicht mit. Ich selbst konnte auch gar nicht sagen, ob ich mitgehen wollte oder nicht. Ich war noch nie auf einer Beerdigung gewesen. Als Opa starb, war ich ja noch ganz klein, da war das nichts für mich. Nach der Sache mit dem Foxl wollte ich mit dem Tod eigentlich erst mal nichts mehr zu tun haben. Ich fragte mich, ob Frau Sturm auch so milchige Augen bekommen hatte und so steif geworden war, als sie starb. Der Foxl hatte mit einem angehobenen Pfötchen ganz starr auf der Decke gelegen und mit eben diesen milchigen Augen. Papa hatte ihn schnell weggenommen und in die Decke eingeschlagen, aber kurz gesehen hatte ich ihn doch.

»Macht man denn nicht die Augen zu, wenn man tot ist?«, fragte ich Oma. Die war alt und musste so was wissen. Wenn Corinna und ich früher Indianer gespielt hatten, dann hatten die Sterbeszenen immer damit geendet, dass eine von uns am Boden lag (da, wo es nicht so schmutzig war) und dann dramatisch die Augen schloss. Das war das Signal, dass man tot war, denn es war auszuschließen, dass man mit einer Kugel des bösen Banditen Killer-Kid in der Brust einfach nur gemütlich einschlief.

»Man macht den Toten die Augen zu, wenn sie es nicht selbst tun.«

Das war eine merkwürdige Vorstellung, jemand anderem die Augen zuzumachen. Ich versuchte mir selbst mit der Hand die Augen zuzumachen, aber es gelang mir nicht. Ich musste ständig blinzeln.

»Ich hab dem Foxl gar nicht die Augen zugemacht!«, fiel mir ein und ich überlegte, ob ich den Hund jetzt wieder ausgraben musste. Dieser Gedanke war mit einem wohligen Grauen verbunden und hatte etwas Sündiges. »Bei den Tieren macht das der liebe Gott«, sagte Oma. »Die Menschen haben dafür viel zu grobe Hände.« Mit dem so genannten »lieben« Gott hatte ich ja sonst nicht so viel am Hut, aber da ich den Menschen in Bezug auf Tiere noch weniger zutraute, ließ ich mir das doch ausnahmsweise gefallen.

»Wird Heino auch sterben, wenn du stirbst?«, fragte ich.

Mama sagte entsetzt: »Also, Kind . . .« Aber Oma lachte. »Ich werde mindestens hundert«, sagte sie. »Also wird Heino wahrscheinlich noch vor mir sterben.« Sie strich mir über den Kopf.

Heino hatte ganz klare Augen und biss mich in die Hand, als ich versuchte sie zu schließen.

5.

Irgendwann konnte Oma nicht mehr kochen.

Sie kochte schon, aber was sie da kochte, konnte man nicht mehr essen.

Entweder es war gar kein Salz am Essen oder viel zu viel. Oder manchmal Zucker statt Salz. Würzen schien für Oma das schwierigste zu sein, das misslang jetzt fast immer. Manchmal war das Essen auch einfach noch roh oder angebrannt.

Und dann kamen immer öfter Tage, an denen Oma überhaupt nicht gekocht hatte, wenn ich aus der Schule kam.

Ich hatte mir fest vorgenommen Oma bei meinen Eltern nicht zu verpetzen, aber natürlich hatte ich jetzt abends immer richtig Hunger, weil ich zu Mittag höchstens ein Brot kriegte und ein paar Kekse. Mama und Papa wunderten sich darüber, wie viel ich abends plötzlich essen konnte.

»Kriegst du eigentlich bei Oma nichts mehr?«, fragte Mama schließlich eines Abends, als ich mir eine zweite Riesenportion Pellkartoffeln auf den Teller schaufelte, und das, obwohl ich Pellkartoffeln eigentlich gar nicht mochte. Schon gar nicht mit Quark. »Doooch . . .« Ich stach meine Gabel in die größte der Kartoffeln und verbrannte mir die Finger beim ersten Schälversuch.

»Was kocht sie denn so?«, bohrte Mama.

»Ach je, so wie immer.« Ich blies auf meine verbrannten Finger.

Mama hatte Verdacht geschöpft. Vielleicht machte sich ja auch Oma selbst Sorgen um meine Ernährung oder auch um ihre eigene, obwohl sie sowieso nicht mehr viel aß. Heino ging's noch am besten von allen. Den fütterte ich immer, wenn ich aus der Schule kam. Schlimmstenfalls kriegte er eben zweimal am Tag was zu fressen und das störte ihn bestimmt nicht. jedenfalls kam es ans Licht, dass das mit dem Essen bei Oma nicht mehr so recht klappte, und Mama musste wieder einmal lange mit Tante Rita und Tante Cleo telefonieren. Bevor sie zum Telefon ging, sagte sie immer zu Papa: »Eigentlich ist es ja deine Mutter«, aber dann grummelte er nur irgendwas, zum Beispiel: »Ich sag ja auch, man muss irgendwas unternehmen«, und hielt sich die Tageszeitung vors Gesicht.

»Bevor ihr mich ins Altersheim steckt, bringe ich mich um«, verkündete Oma.

Mama kuckte entsetzt herüber, ob ich das gehört hatte. Ich tat so, als sei ich mit Heino beschäftigt, das hatte sich in solchen Fällen bewährt. Wenn ich neugierig kuckte, konnte es passieren, dass man mich unter irgendeinem Vorwand aus dem Zimmer schickte. »Sag doch nicht so etwas, Mutter«, sagte Mama jetzt etwas leiser. »Du weißt ja nicht, was du da redest.«

»Ich weiß sehr gut, was ich rede«, sagte Oma.

»Nur weil mir die Kartoffeln anbrennen, rede ich noch nicht irre. Mir geht es sehr gut und ich und Manon, wir kommen prima zurecht. Nicht wahr, Manon?« Aber ich durfte ja nicht zuhören.

»Das Kind kann dir auch keine große Hilfe sein«, sagte Mama und es war jetzt wirklich sehr schwer, mit Heino beschäftigt zu bleiben. »Sie ist immer noch ziemlich klein. Kochen kann sie jedenfalls nicht. Du siehst doch selbst, dass du alleine nicht mehr zurechtkommst.«

»Bevor ich ins Altersheim gehe, bringe ich mich um«, wiederholte Oma grimmig. »Ich hänge mich auf. Ihr werdet schon sehen.«

»Um Himmels willen, Mutter.« Das war alles, was Mama dazu einfiel.

Oma musste nicht ins Altersheim, denn niemand wollte, dass sie sich aufhängte.

Stattdessen kam jetzt jeden Mittag jemand mit dem Auto und brachte ihr ein Tablett voller abgedeckter Teller und Schüsseln. »Essen auf Rädern« nannte man das.

»Kann ich denn auch so was kriegen?«, fragte ich den jungen Mann, der Oma das Essen brachte.

»Du?«, fragte er und lachte. »Nein, du bist noch nicht alt genug.«

»Meine Oma und ich, wir essen aber immer zusammen«, wandte ich ein.

»Tja«, sagte der junge Mann und kuckte ein bisschen mitleidig, »Jetzt musst du wohl bei deiner Mutter essen.«

»Die arbeitet. Ich kann aber auch schon selber kochen«, sagte ich. »Spaghetti mit Tomatensoße. Das schreib ich bloß immer falsch, Spaghetti. Und Pfannkuchen kann ich auch backen. Sogar umdrehen, manchmal.«

»Das ist ja großartig«, sagte der junge Mann und packte das Geschirr vom Tag zuvor zusammen. »Da musst du mich mal einladen.«

»Machen Sie sich ja nicht an meine Enkelin ran«, schaltete sich Oma ein, die bis jetzt damit beschäftigt gewesen war, misstrauisch die Abdeckungen der Schüsseln zu heben und die entweichenden Düfte einzuatmen. »Ich warne Sie. Sie ist noch zu jung für solche Sachen.«

Der junge Mann und ich lachten uns schief, obwohl Oma selbst nicht lachte. Der war nett.

Obwohl der junge Mann so nett war, murrte Oma über das Essen auf Rädern. Am Wochenende kam sie zu uns oder zu Tante Rita. Mama gab sich anfangs jede Mühe, dann immer besonders gut zu kochen, aber Oma war trotzdem jedes Mal unzufrieden. Ich konnte das gar nicht verstehen, denn was sie selbst in letzter Zeit so gekocht hatte, war bestimmt auch nicht besser gewesen. Ich konnte das beurteilen.

»Ich esse ja alles«, sagte sie spitz. »Mir kann man ja alles vorsetzen. Eine alte Frau darf eben keine Ansprüche mehr stellen.«

Mama und Papa stritten eine Zeit lang so viel wegen Oma, dass ich schon dachte, sie würden sich scheiden lassen, aber irgendwann versöhnten sie sich und Mama kochte einfach wieder wie früher, ob Oma nun da war oder nicht. Das war mir auch recht, denn nun gab es wieder weniger oft Braten und Gemüse und manchmal sogar Würstchen.

Weil ich kein Essen auf Rädern kriegte, musste ich mir jetzt Brote schmieren, wenn ich aus der Schule kam; abends kochte Mama dann eine warme Mahlzeit. Manchmal gab es auch Reste vom Vortag, die ich mir aufwärmen konnte. Jedenfalls bedeutete diese neue Regelung, dass ich nach der Schule nicht mehr zu Oma ging, sondern direkt nach Hause fuhr. Das war keine Veränderung zum Besseren. Jetzt war niemand mehr da, dem ich die Gräueltaten meiner Lehrer und Mitschüler brühwarm erzählen konnte. Wenn ich nach Hause kam, schaltete ich den Fernseher ein und setzte mich mit meinem Teller davor. Das war streng verboten, Fernsehen beim Essen, aber bestimmt war es auch ungesund, sich beim Essen verlassen zu fühlen.

Manchmal aß ich auch wieder bei Corinna, aber nicht so gern, weil Corinnas Mutter eine jener Mütter war, die einen immer so ansehen, als hätten sie eine Menge an einem auszusetzen, wenn man ihr eigenes Kind wäre. Manchmal fühlte ich mich so beobachtet, dass ich am Tisch nicht mal mehr wusste, wie ich Gabel und Messer halten musste. Außerdem war Corinna oft aus irgendeinem Grund beleidigt und redete dann nicht mehr mit mir. Sie steckte viel bei Bianca, die sich jetzt schon schminkte und höhere

Absätze trug und sich auch sonst ziemlich albern aufführte. Corinna hatte das bisher auch immer albern gefunden, aber jetzt fand sie mich albern, wenn sie meinen braunen Plastikhund im Federmäppchen sah oder wenn ich wieder so ungestüm ins Klassenzimmer rannte, dass ich über irgendeine Schulmappe stolperte und unter Gepolter der Länge nach hinfiel.

Aus dieser Zeit erinnere ich mich noch an einen besonderen Anruf. Er kam nicht mitten in der Nacht oder sonst zu einer Zeit, die von vornherein Ungutes ahnen ließ. Er kam mitten am Vormittag. Es müssen irgendwelche Ferien gewesen sein, denn ich war zu Hause und Mama auch und es war wohl ungefähr halb elf, also die Zeit, in der man den ersten Nachfrühstücks-Appetit verspürte, es aber bis zum Mittagessen noch eine Weile dauerte, so dass ich wahrscheinlich gerade auf der Suche nach einem Apfel oder Zwieback war. Kurz, es war alles ganz normal, als Oma anrief und verkündete, sie werde jetzt sterben.

»Sie sagt, ihr wachsen die ganze Zeit die Blumen aus der Tischdecke entgegen«, berichtete Mama, während sie mit sieben Händen gleichzeitig nach Autoschlüssel, Führerschein, Handtasche, Mantel und sonstigen lebenswichtigen Dingen griff. »Und das Wasser stände ihr in der Wohnung bis zu den Knien.«

»Wieso Wasser?«, fragte ich, weil alles andere viel zu furchtbar war um nachzufragen.

»Ich weiß nicht.« Mama hatte schon anderthalb Schuhe an und kämpfte mit dem restlichen halben.

»Darf ich mitkommen?«

Wahrscheinlich war Mama zu sehr in Eile um sich mit mir zu streiten oder aber sie dachte wirklich, Oma würde sterben und ich könnte mich bei dieser Gelegenheit gleich von ihr verabschieden.

»Wachsen Blumen aus der Tischdecke, wenn man stirbt?«

»Nicht immer«, sagte Mama. »Nicht unbedingt. Was weiß denn ich. Ich bin noch nie gestorben.«

Wir kletterten ins Auto, Mama warf den Motor an und wir schleuderten aus der Ausfahrt.

Mama klingelte an der Tür, schloss aber selber auf ohne Oma überhaupt die Chance zu geben, bis zur Tür zu kommen. Ich rechnete damit, dass uns ein Wasserschwall entgegenstürzen und die Treppe hinunterspülen würde. Aber drinnen war alles trocken und roch auch normal und Heino begrüßte uns so ausgelassen, als ob seine Hundewelt völlig in Ordnung sei. Aber er ist einfach erheblich kleiner und dümmer als Lassie und hat auch noch so einen doofen Namen, also kann man sich auf ihn nicht verlassen.

»Mutter?«, rief Mama in die Wohnung hinein. Es war wie in einem der gruseligen Filme, die ich bei meinem Bruder manchmal schon anschauen durfte, wenn ich den Eltern nichts davon erzählte.

Ich wäre am liebsten gleich aufs Klo abgebogen, wagte aber nicht mich zu rühren.

»Pass auf, dass der Hund nicht rausläuft«, sagte Mama, als sei so etwas in einem solchen Moment wichtig, und ging ins Zimmer. Ich schnappte Heino am Nackenfell, weil er kein Halsband trug – das Fell dehnte sich immer so weit, dass ich beinahe damit rechnete, er würde nach unten rausschlüpfen –, und folgte Mama.

Oma saß am Esstisch und starrte auf die Tischdecke. Da waren tatsächlich Blumen drauf. Rote und orange Blumen, ein bisschen so wie Margeriten, nur eben nicht weiß, sondern bunt. Aber die Blüten steckten ganz brav und flach in der Tischdecke, hatten keineswegs Stängel oder Blätter oder sonst etwas, was auf Tischdecken aufgedruckten Blumen nicht zustand, und es war eigentlich nicht ganz verständlich, warum Oma so furchtsam draufstarrte. Uns starrte sie auch erst mal ganz furchtsam an, als sie überhaupt merkte, dass wir da waren. »Was ist los?«, fragte Mama. »Was machst du denn?«

»Ich sterbe«, erklärte Oma.

»Unsinn«, sagte Mama, aber so ganz überzeugt klang es nicht. »Was ist denn mit dir?«

Und Oma erzählte wieder irgendwas von Blumen, die aus der Tischdecke wuchsen, und Wasser, das ihr bis zu den Knien stand, und Mama fragte, ob sie den Arzt gerufen hätte. Weil sie nicht den Arzt gerufen hatte, rief Mama den Arzt, und als der kam, stellte er überhaupt nichts fest und deswegen musste ich mich auch gar nicht von Oma verabschieden, nur mit Heino rausgehen, weil Oma das nicht selber konnte. Sie musste sich ins Bett legen und irgendwas Beruhigendes schlucken. »Halluzinationen« nannte der Arzt das mit den Blumen.

Mama blieb die Nacht über bei Oma, ich ging nach Hause und dachte über Tischdecken nach.

Am nächsten Tag blieben die Blumen da, wo sie hingehörten, flach und ohne Stiel in der Tischdecke, und Wasser war auch keins mehr da und Oma konnte mitkommen in den Park.

Und noch ein paar Tage später kam Mama wieder mit zu Oma um nach dem Rechten zu sehen und Oma ging es knuspergut, wie sie sagte. »Weißt du, Kind«, sagte sie (mit Kind meinte sie manchmal Mama), »ich glaube, ich weiß jetzt, wo das herkam mit den Blumen.«

Und es stellte sich heraus, dass sie irgendwo hinten im Schrank noch ein paar Herztabletten gefunden hatte, die ihr der Arzt schon vor Jahren verschrieben hatte. Inzwischen nahm sie Herztabletten einer anderen Marke und so war die Packung von damals noch unangebrochen. »Man kann das Zeugs doch nicht umkommen lassen«, sagte Oma. »Wo das die Versicherungen doch so viel Geld kostet.« Sie hatte also zusätzlich zu den Herztabletten, die sie sowieso jeden Tag schluckte, auch gleich noch die aus der alten Packung genommen. »Und auf dem Beipackzettel steht tatsächlich was von Halluzinationen.« Oma kicherte. »Da hab ich ja wieder was angestellt.«

Mama sah in dem Moment gar nicht so aus, als fände sie das lustig, aber als sie Tante Rita am Telefon davon erzählte, lachte sie doch.

Die Ferien waren vorbei und in der großen Pause stand ich jetzt oft ziemlich verloren herum. Ich schielte nach Thorsten, aber der war inzwischen schon in der neunten Klasse, so dass er in der Pause nicht mehr unbedingt auf den Schulhof gehen musste, und weil die älteren Schüler dieses Privileg natürlich auskosteten, waren sie nie mehr draußen anzutreffen. Früher war ich, wenn ich mich einsam fühlte, nach der Schule geradewegs zu Oma gestürmt, hatte Heino auf den Arm genommen und mich auf die Eckbank gesetzt. Oma hatte mich getröstet, während sie den Topf vom Herd nahm und auf den Tisch stellte, sich die Hände an der Schürze abwischte und dann auf ihren Stuhl sank.

Bestimmt würde sie wieder gesund werden. Das konnte doch nur eine vorübergehende Schwäche sein und vielleicht würde Oma in nur wenigen Monaten wieder fröhlich am Herd stehen und auch das Bein würde heilen und alles konnte dann wieder so sein, wie es doch sein musste.

»Du, Kind? Aber ich hab doch gar nicht gekocht«, sagte Oma überrascht.

»Ich hab schon gegessen«, log ich und schob mich durch den Türspalt.

Natürlich hatte sie nicht gekocht. Sie würde nie mehr für mich kochen.

Mich beschlich eine leise Ahnung davon, was »vorbei« bedeuten konnte. Viele Dinge in meinem Leben waren schon »vorbei«, auch wenn ich noch ziemlich klein war. Immerhin war ich ja schon mal noch kleiner gewesen und so was wie Kindergarten, das würde es nie wieder geben, das war klar. Und nach Selmas Geburt würde ich zu Hause nie wieder »die Kleine« sein. Das war alles auch »vorbei«.

Aber das war alles nicht so schlimm, denn es kam immer etwas anderes, Größeres nach. Nach dem Kindergarten war die Grundschule gekommen, wo man viel wichtigere und erwachsenere Dinge machte. Und immer, wenn's dann wieder langweilig wurde, kam was Neues, als nächstes das Gymnasium. Es machte alles keinen besonderen Spaß, aber man konnte sich immer wichtiger fühlen. Und wenn ich jetzt nicht mehr »die Kleine« war, so war ich dafür doch »die Tante«, eine wichtige Persönlichkeit, die »Babysitter« spielte und wusste, an welcher Haltestelle man aus der Tram steigen musste. Doch das hier, das war eine andere Art von vorbei. Da kam nichts Neues mehr, nur noch das Essen auf Rädern. »Erzähl mir was«, sagte Oma. »Du bist so still.« Auf dem Spülbecken standen die leeren Essen-auf-Rädern-Schüsseln. Ich zuckte nur mit den Achseln.

Ob das mit Corinna auch in die Richtung von vorbei ging, wo nichts mehr nachkam? Man konnte doch nicht einfach wieder eine andere beste Freundin haben. Alle Lieblingsplätze im Park, am Fluss, im Kaufhaus gehörten mir und Corinna und man müsste sich lauter neue Plätze suchen. Man konnte doch nicht mit jemand anders die Pläne schmieden, die man mit seiner ersten besten Freundin in stundenlangen Telefongesprächen ausgefeilt hatte. Irgendwas stimmte daran nicht. Oma wusste bestimmt, was das war mit dem »vorbei«. Früher, auf unseren Spaziergängen mit Heino, hätte ich sie fragen können.

»Oder sollen wir in den Park gehen?«, fragte Oma ein wenig verunsichert. »Heino muss auch noch raus.«

»Ja, gut«, sagte ich. Vielleicht würde Heino im Park einen anderen Hund treffen und mit ihm spielen, so was munterte immer auf. »Sollen wir gleich gehen?«

»Nein«, sagte Oma. »Warten wir noch einen Moment. Vielleicht kommt ja Frau Sturm noch vorbei, dann nehmen wir sie mit.«

Sie ging in die Küche, brachte ein Glas und die Limonadeflasche, stellte beides auf den Tisch und sah mich prüfend an. »Warum weinst du denn? Du bist heute vielleicht merkwürdig.«

»Ich mach dann erst Hausaufgaben.« Ich beugte mich über die Schultasche, suchte blind darin herum. »Gut«, sagte Oma. »Dann lege ich mich noch einen Moment aufs Ohr.«

Ich breitete Hefte und Bücher auf dem Tisch aus.

Es fiel mir schwer, mich auf die Formen des französischen Konjunktivs zu konzentrieren. Ich versuchte es mit Mathe, denn Zahlen waren so weit von der wirklichen Welt entfernt, dass ich die vielleicht einen Moment lang vergessen konnte. Sie standen einfach da und kümmerten sich um nichts und ließen nicht an sich rütteln, und auch wenn Frau Sturm schon tot war und meine Oma nicht mehr kochen konnte, hießen sie immer noch 31,4 oder x. Deswegen konnte ich ja normalerweise Mathe auch überhaupt nicht leiden, aber heute war ich ausnahmsweise mal ganz dankbar dafür, dass man dabei nicht viel empfinden konnte.

Als Oma wieder aufgewacht war und im Ausgehkostüm aus dem Schlafzimmer kam, sagte sie kein Wort mehr von Frau Sturm. Sie warf einen Blick aus dem Fenster, entdeckte am Horizont einen Wolkenschleier und frohlockte, weil sie nun anstelle des verhassten Stocks einen ihrer geliebten Regenschirme mitnehmen konnte. Ich nahm Heino an die Leine und wir machten uns auf den Weg in den Park.

Danach ging ich dann doch wieder sehr oft von der Schule direkt zu Oma. Mein Brot nahm ich einfach mit oder ich schmierte mir bei Oma eins oder ich kaufte unterwegs irgendetwas, was ich bei Oma essen konnte. Mama gab mir dafür Geld. Oma war meistens schon mit dem Essen fertig, wenn ich kam, aber das war nicht schlimm, denn immerhin saß sie am Tisch und schaute mir zu und fragte, warum ich denn so ein grimmiges Gesicht machte, und Heino stand mit großen, hoffnungsvollen Augen neben mir. Ich glaube, das Essen auf Rädern schmeckte ihm auch nicht besonders, denn er war ganz scharf auf ein Stück Schinkenbrot oder ein paar Kuchenkrümel.

Zweimal in der Woche, mittwochs und freitags nämlich, war auf dem Platz vor der Kirche Bauernmarkt. Da kamen die Bauern aus den Dörfern der Umgebung und boten auf ihren roh gezimmerten Ständen je nach Jahreszeit Gemüse und Obst an. Das fand immer vormittags statt und so konnte ich Oma nur in den Ferien auf den Markt begleiten.

Auch wenn Oma nicht mehr kochte, gab es trotzdem noch das eine oder andere auf dem Markt einzukaufen. Äpfel beispielsweise oder Radieschen oder auch frisches Holzofenbrot. So ein Brot konnte man nirgendwo anders auf der Welt kaufen, davon war ich überzeugt. Es schmeckte so, als hätte derjenige, der das Wort Brot erfunden hatte, genau an dieses Holzofenbrot gedacht.

Nach Feuer, Erde und Heuschnupfenwiesen schmeckte es. Es reichte schon, wenn man es ganz dick mit Butter bestrich. Der Gipfel aller Köstlichkeiten aber war eine Scheibe von diesem Brot mit Butter und Quittenmus. Solange Oma noch kochen konnte, kochte sie jeden Sommer Marmelade ein und am liebsten war mir ihr Quittenmus. Quittengelee war auch gut, aber das Mus war ganz besonders außerordentlich supergut. Auf Holzofenbrot. Aber inzwischen kochte Oma keine Marmelade mehr und Quittenmus gab es nirgendwo zu kaufen.

Sobald ich Ferien hatte, gingen wir trotzdem auf den Markt. Heino musste zu Hause bleiben, weil er einmal an einer Kartoffelsteige das Bein gehoben hatte. Zum Glück kannte meine Oma die betroffene Bäuerin seit Jahren und es gab keine Rauferei auf dem Markt, wie man sie manchmal im Fernsehen sehen konnte. Da rollten dann Tomaten in dicken Strömen und Sonnenschirme kippten, die Marktfrauen verschanzten sich hinter ihren Verkaufstischen und die Salatköpfe flogen nur so durch die Luft.

Oma brauchte aber bloß die betroffenen Kartoffeln zu kaufen und alles war in Ordnung. Vielleicht waren Bauersfrauen auch nicht so empfindlich, weil sie an so viel Mist gewöhnt waren.

Bäuerinnen waren alt, dick, trugen Schürzen und Kopftücher und saßen auf langen Klappbänken, wie ich sie sonst vom Straßenfest kannte. Es gab zwar auch junge, dünne, in Pullis und Jeans, aber die zählten nicht so richtig. Die Stamm-Bauersfrau von meiner Oma war dick, alt und trug eine ausgebleichte grüne Schürze, mit der sie sich wahrscheinlich auf dem Salatfeld tarnte. Wenn man ein Kilo Äpfel haben wollte, wischte sie sich die Hände an dieser Schürze ab, fischte ein Messer aus der Tasche und teilte eine Frucht in zwei Teile. Eine Hälfte bekam ich, die andere Oma. Zum Probieren. Wenn wir diesen Apfel dann entsprechend gelobt hatten, langte sie ein paar besonders schöne Exemplare aus ihrer Kiste und warf sie in die Schale ihrer Waage. Auf die andere Waagschale stellte sie kleine Eisengewichte, wie ich sie sonst nur aus Schulbüchern kannte, die einem irgendwas über »Gewicht« erklären wollten. Sie legte so lange Äpfel nach, bis die Apfelseite mit einem energischen »Rumms« hinunterfiel. Dann tat sie noch einen kleinen obendrauf und schüttete alle in die bereitgehaltene Tüte.

Die Bäuerin verkaufte auch selbst gebrannten Schnaps, aber den durfte ich nicht probieren.

Auf dem Markt traf Oma manchmal Bekannte, deren Namen grundsätzlich mit dem Nachnamen anfingen, wenn Oma von ihnen redete. Sie hießen »der Brändlin-Schorsch« oder »die Brauer-Sophie«. Oma kannte sie »von früher«. Das musste ein »früher« sein, das schon sehr lang her war; Oma erkannte die Leute kaum noch. Es gab auch Bekannte, die wir immer wieder trafen und die trotzdem jedes Mal staunten, dass Oma schon eine so große Enkelin hatte. Da hätten sie erst mal Selma sehen sollen, das war ja noch schlimmer, die war ja sogar Omas Urenkelin.

Als Oma anfing die Leute zu duzen, wunderte ich mich schon. Dass sie Freundinnen nicht duzte, wusste ich ja inzwischen und mit uns verwandt konnten diese Leute auch nicht plötzlich alle sein.

Mir fiel auf, dass die Leute oft ein bisschen komisch kuckten und selbst zu Oma immer »Sie« und »Frau . . .« sagten und sich ziemlich schnell verabschiedeten, besonders wenn Oma unfreundlich wurde, wie es jetzt öfters mal vorkam.

Als sie zur Tröndle-Marie sagte, die solle doch jetzt endlich mal ihr böses Lästermaul halten, und das geduzt, wäre es fast doch noch zu so einer richtigen Marktrauferei gekommen.

Ich hätte Oma schon geholfen beim Tomatenschmeißen, denn davon abgesehen, dass sie meine Oma war, hatte sie auch noch Recht, die Tröndle-Marie war wirklich ein böses altes Weib, das an niemandem ein gutes Haar ließ, noch nicht einmal an ihren eigenen Kindern und Enkeln.

Aber unsere Bäuerin sagte: »Nun lassen Sie doch die Frau, die weiß doch schon nicht mehr so genau, was sie sagt.« Und sie wog der Tröndle-Marie die Zwetschgen ganz besonders reichlich ab. »Dann gehört sie in die Klapsmühle, da gehört sie hin!«, giftete die Tröndle-Marie.

In diesem Moment bedauerte ich, dass wir Heino nicht dabeihatten, denn der hätte die alte Hexe vielleicht gebissen.

Das war aber unwahrscheinlich, denn er hatte sogar Angst vor Katzen.

Nach dieser Auseinandersetzung wusste Oma den Weg nach Hause nicht mehr und wäre ein paar Mal falsch abgebogen, wenn ich sie nicht am Ellbogen in die richtige Richtung geschoben hätte. Sie war sehr blass und musste zu Hause erst mal einen Schnaps trinken, von dem ich den Eltern nichts verraten durfte, und vom zweiten schon gar nicht.

Es gab ziemlich viel, was ich den Eltern nicht verraten durfte, und Corinna interessierte sich auch nicht dafür. Die hatte Omas, die Tennis spielten und kluge Bücher lasen und noch kilometerweit nach Parfüm rochen und mich so kritisch anguckten wie ihre Mutter, wenn mir wieder alle Haare aus der Spange gerutscht waren. Wie sollte Corinna da meine Probleme mit Oma verstehen. Sie kicherte höchstens, wenn ich mal irgendeine Geschichte erzählte. Manchmal gab ich diese lustigen Geschichten über Omas Schusseligkeit vor der halben Klasse zum besten, weil ich damit so viel Erfolg hatte, weil dann alle lachten und mir gerne zuhörten. Aber danach fühlte ich mich gar nicht gut. Von den traurigeren Seiten wollte natürlich niemand etwas hören. Da redeten sie ganz schnell über was anderes.

Dass ich mit Oma nicht über Oma reden konnte, das war klar.

Aber es war noch schlimmer: Wir konnten uns überhaupt nicht mehr so unterhalten wie früher. Oma konnte nicht mehr richtig zuhören, plötzlich redete sie von etwas ganz anderem oder hatte von einem Moment auf den anderen vergessen, was ich gesagt hatte. Manchmal war ich dann richtig böse auf sie, obwohl immer alle sagten, sie könne nichts dafür, das sei eben das Alter. Da war es gut, dass es wenigstens Heino gab. Wenn ich allein mit ihm spazieren ging, erzählte ich ihm alles, was mich beschäftigte. Ganz befriedigend war das natürlich nicht, aber er hörte immerhin zu und außerdem war er das Wesen, das Oma außer mir am meisten lieb hatte. Aber er hatte das Glück, sich keine Sorgen machen zu können. Darum beneidete ich ihn. Er konnte beleidigt sein, weil sie vergessen hatte ihn zu füttern, aber er konnte sich keine Sorgen darüber machen, ob sie ihn überhaupt jemals wieder füttern würde.

Es hat schon seine Vorteile, ein Hund zu sein.

6.

Regina fragt, ob du am Freitagabend auf Selma aufpassen kannst«, sagte Mama in einem Tonfall, aus dem klar hervorging: Es war zwischen den Müttern schon längst ausgemacht, dass ich können musste. »Iiiich?«

»Ja. Du könntest dich sowieso mal mehr um die Kleine kümmern.«

»Pfff ...«

Selma war niedlich, na gut, aber sie war doch wirklich ein Baby, mit dem man nichts anfangen konnte. »Und wenn sie schreit?«

»Sie schreit doch nicht. Die meiste Zeit wird sie sowieso schlafen.«

»Und ich muss sie ins Bett bringen?«

»Ja.«

»Dann schreit sie bestimmt.«

Ich mochte Selma wirklich gern, aber so ganz geheuer war sie mir nicht. Zum einen war es ganz klar, dass sie mir in meiner Familie etwas weggenommen hatte, was vorher eindeutig meins gewesen war – etwas, was ich nicht genau beschreiben konnte, aber es hatte etwas damit zu tun, dass ich bis zu ihrer Geburt »die Kleine« gewesen war und dieser Titel dann sofort auf Selma überging. Besonders wenn Papa ihn für seine Enkelin verwendete, gab mir das einen Stich. Und dann diese endlose Begeisterung, die Erwachsene für jedes Lallen und jeden Rülpser von so einem Baby aufbrachten, stundenlang konnten sie zuhören – ich dagegen schaffte kaum, dass sie mir zuhörten, wenn ich etwas wirklich Wichtiges zu sagen hatte. Es war insgesamt ungerecht. Sogar an meinem Geburtstag hatte sich alles nur um Selma gedreht: »Kuckt mal, was sie wieder macht! Und wie sie kuckt!« Erwachsene verhielten sich manchmal sehr unverständlich, wenn so kleine Kinder da waren. Und Selma genoss das natürlich.

Was ich da empfand, das nennt man »Eifersucht«, und es war gar nicht schön, aber dagegen wehren konnte ich mich auch nicht.

Jetzt war Selma schon im Kindergarten und malte Bilder, die man ganz toll finden musste. Man konnte auch schon ein bisschen mit ihr reden, aber das hielt sich noch in Grenzen. Jedenfalls konnte niemand mehr behaupten, sie würde es nicht verstehen, dass sie irgendwas nicht durfte, und damit begannen für sie dann auch schon die ernsteren Zeiten.

Aber wenn sie heulte? Kleine Kinder heulten immer, wenn sie ins Bett mussten, und noch viel lauter, wenn ihre Mama nicht da war.

»Ich weiß doch gar nicht, was ich mit ihr machen soll«, protestierte ich noch einmal schwach.

»Lies ihr was vor«, sagte Mama. »Oder spiel was mit ihr. Man kann schon ganz gut mit ihr spielen.«

So spielte ich zum ersten Mal in meinem Leben Babysitter.

Ich las Selma ein Märchen vor, in dem ein böser Riese vorkam, der aber in Wirklichkeit gar nicht böse war, sondern nur sehr einsam, und der ein ganz lieber Riese wurde, als er einen Freund fand. Es war mein Lieblingsmärchen. Und Selma schrie überhaupt nicht, sie drückte mir einen Gutenachtkuss auf die Backe und schlief ein. Das war mir dann gar nicht so recht, denn nun war ich plötzlich allein in dem mir doch recht fremden Haus und der Nacht. Ich blieb an Selmas Bett sitzen um wenigstens ihren Atem zu hören.

Wenn sie schlief, sah sie wieder aus wie ein ganz kleines Baby. Bestimmt glaubte sie, sie sei sicher, nur weil ich da war, und dabei war ich doch selber noch klein und kriegte Angst, wenn vor dem Haus Autotüren schlugen oder die Klospülung in der Nachbarwohnung so laut rauschte, dass man glaubte, es wäre in der eigenen Wohnung. Selma traute mir zu mit der Nacht fertig zu werden. Man konnte wirklich noch nicht viel mit ihr anfangen, aber lieb haben konnte man sie schon.

Darum machte ich Tage später Selma dann auch das großzügigste Angebot, das ich überhaupt irgendjemandem machen konnte:

»Willst du mitkommen zu deiner Uroma? Weißt du, die mit Heino, dem kleinen Hund.«

Selma wollte und Regina guckte zwar ein wenig zweifelnd, ließ sie aber mitgehen.

Wir mussten mit der Straßenbahn fahren, weil Selma noch nicht Fahrrad fahren konnte. Sie war ganz glücklich, weil sie die Fahrkarten im Automat abstempeln durfte.

»Wir müssen gleich aussteigen.«

Merkwürdig, wie wichtig plötzlich diese Kleinigkeiten wurden, die ich in meinem Alter schon wusste, zum Beispiel, an welcher Haltestelle man aussteigen musste oder dass man rechtzeitig auf den Knopf drücken musste, damit der Fahrer auch wusste, dass da jemand aussteigen wollte; all das wusste Selma nicht und sie hätte auch keine Fahrkarte abstempeln können, wenn ich ihr nicht gezeigt hätte, wie das ging und sie ein bisschen hochgehoben hätte.

Sie konnte dafür aus der Straßenbahn direkt in eine große Pfütze springen und furchtbar lachen, als sie sich dabei von oben bis unten nass spritzte.

Ich hatte Oma nichts verraten. Die jammerte ja immer, dass sie ihre Urenkelin so selten sah. Auf jeden Fall würde sie sich freuen und ich würde bestimmt gleich noch mal losgehen und Schneckennudeln kaufen müssen. Es dauerte ziemlich lange, bis die Tür aufging. Oma blinzelte und sah verwirrt von mir zu Selma und von Selma wieder zu mir, während Heino sich an ihr vorbeidrängte und sich auf mich stürzte und Selma sich gleichzeitig an mir vorbeidrängte und sich auf Heino stürzte.

»Ich hab Selma mitgebracht«, sagte ich ein bisschen verunsichert. »Freust du dich?«

»Jaja«, sagte Oma und machte die Tür ganz auf. »Kommt rein.«

»Hier riecht es aber komisch«, sagte Selma, während sie gleichzeitig versuchte vorwärts zu gehen und dabei ununterbrochen Heino zu streicheln. Die Folge war, dass sie ihm auf die Pfote trat und er jämmerlich aufjaulte. »Lass ihn doch einen Moment in Ruhe«, sagte ich und war schon wieder ein bisschen eifersüchtig, denn Heino, diese treulose Tomate, war auch schon völlig hingerissen von »der Kleinen« und wälzte sich vor ihr auf den Rücken.

Irgendwie reagierte Oma ja merkwürdig. Sie sah uns kaum an, setzte sich stattdessen wieder auf ihren Platz am Fenster und starrte hinaus auf die Birke, in der gerade frisches Grün aufgebrochen war. Ich setzte mich auf meinen Stammplatz auf der Eckbank und sah sie an, wie sie die Birke ansah.

»Kuck mal, Kuck!«, quietschte Selma und hielt Heino ihre Stummelfinger hin, an denen er begeistert kaute. »Wasch dir nachher die Hände«, sagte ich geistesabwesend, weil Regina mir das im Zusammenhang mit Selma und Heino ungefähr ein halbes Dutzend Mal ans Herz gelegt hatte. Was war bloß mit Oma los? War sie böse, weil ich ihr nicht vorher gesagt hatte, dass ich Selma mitbringen würde? Aber sonst freute sie sich doch immer über Besuch, egal, ob angekündigt oder nicht. Jetzt nahm sie die Brille ab und putzte die Gläser mit einem Blusenzipfel, sah prüfend hindurch und setzte sie wieder auf.

Der Wind strich durch die Birkenzweige, eine Amsel flog zeternd am Fenster vorbei. Auch Selma war jetzt still und Heino wälzte sich wieder auf den Bauch und sah fragend zu uns herüber.

Am liebsten hätte ich geweint, aber Selma war doch da und Selma glaubte, ich wäre so was Ähnliches wie erwachsen. Die durfte ich nicht im Stich lassen. »Darf ich uns einen Kakao machen?«, fragte ich schließlich.

Oma wandte langsam den Kopf, sah mich sekundenlang nachdenklich an, ruckte dann ein bisschen mit dem Kinn. »Natürlich, mein Kind.«

Ich war froh in die Küche fliehen zu können. Selma raste hinter mir her.

»Die ist aber komisch«, sagte sie.

»Sie ist eben alt.« Ich sagte, was Mama immer sagte. Dabei musterte ich entsetzt den Herd. Auf allen vier Kochplatten stand jeweils ein Topf mit oder ohne Deckel. Im größten war ein noch genießbar wirkender Rest Kartoffeln. In einem kleineren ein Fingerbreit rötliche Soße. Was in den beiden anderen Töpfen klebte, ließ sich auf den ersten Blick nicht sagen und ich hatte auch gar keine Lust, mir darüber Gedanken zu machen. Ich stülpte die Deckel wieder drauf und suchte einen sauberen Topf.

»Das ist ja ein Saustall«, stellte Selma begeistert fest. Ich sah in den Kühlschrank.

»Es ist gar keine Milch da.«

»Das kann nicht sein«, sagte Oma. »Frau Sturm hat mir heute Morgen welche mitgebracht. Frische

Vollmilch, wie immer, und Roggenbrot vom Bäcker am Marktplatz.«

Ich starrte sie an.

Schon wieder Frau Sturm.

Vielleicht hatte sie ja nur die Namen verwechselt, das passierte ihr häufig. Aber mir fiel niemand ein, der in letzter Zeit für Oma eingekauft hatte, außer mir und Mama und Tante Rita. Es war am besten, nicht darauf einzugehen, aber das änderte nichts an der Tatsache, dass keine Milch da war. Dafür fand ich noch eine Flasche Limonade. Das war Selma sowieso lieber. Sie setzte ihr Glas an den Mund, und während sie schlürfte (Uromas sind schwerhörig), starrte sie über den Rand des Glases hinweg auf die alte Frau. Oma sah wieder aus dem Fenster. Selma setzte das Glas ab, rieb sich mit dem Handrücken über den Mund, marschierte dann entschlossen auf ihre Urgroßmutter zu und baute sich vor ihr auf. »Wir haben heute ein Lied gelernt im Kindergarten«, sagte sie. »Soll ich es dir vorsingen?«

»Was?«, sagte Oma wie von ganz weit her.

»Ich sing's dir vor«, beschloss Selma und trällerte los. Irgendwas von einer Maus und einem Hasen und vielen gelben Körnern und viel grünem Salat und was Kinder halt so im Kindergarten lernen und was man so toll finden muss wie ihre Bilder. Sie sang viel zu hoch, so dass ihr bald die Luft ausging, und sie musste kräftig gähnen. »War das schön?«, fragte sie, als sie den Mund wieder zugeklappt hatte.

Oma ließ sich erst mal vom Gähnen anstecken,

klappte dann ebenfalls den Mund wieder zu und musterte den Zwerg, der da erwartungsvoll vor ihr stand. »Das war schön, Manon, sehr schön«, sagte Oma. »Soll ich dir einen Kakao machen?«

Selma musste furchtbar lachen. »Ich bin doch nicht die Manon«, sagte sie. »Ich bin die Selma. Die Manon ist doch schon viel größer. Und Kakao will ich auch keinen, lieber Limonade.«

»Ich kann noch schnell Milch kaufen, wenn du willst«, schlug ich vor, weil mir einfach nichts Besseres einfiel. »Und was dir sonst so fehlt.«

»Das wär nett«, sagte Oma. »Milch. Und einen Kohlrabi. Einen großen, und achte darauf, dass er nicht holzig ist.«

»Und Schneckennudeln?«

»Wenn du magst, bring welche mit.«

»Kommst du mit?«, fragte ich Selma, während ich mir den Anorak überzog.

Aber Selma, die endlich mal ein Opfer gefunden hatte, dem sie ihre Lieder aus dem Kindergarten vorsingen konnte, schüttelte den Kopf. »Ich kenne noch ein Lied. Ein ganz schönes«, sagte sie hoffnungsvoll zu Oma.

Als ich die Tür hinter mir schloss, hörte ich sie in der Wohnung wieder lospiepsen. »Die Raupe und der Regenwurm spazierten durch den Wintersturm . . .« Es hatte sanft zu regnen begonnen, ein warmer Wind strich durch die Vorgartensträucher, die Leute sahen prüfend in den Himmel, weil sie sich nicht entscheiden konnten, ob der Niederschlag ernst zu nehmen sei. Ich ging ziemlich schnell, aber nicht wegen des bisschen Regens. Mir war das alles so unheimlich und ich bereute es ein wenig, dass ich Selma allein bei Oma gelassen hatte. »Wer weiß, was sie als nächstes anstellt!«, sagten Mama und Papa und Onkel Theo in letzter Zeit immer. Das sagten sie auch, wenn sie von Selma sprachen, und manchmal auch von mir, jetzt allerdings nicht mehr so oft wie früher, aber das klang dann ganz anders und nicht so, als ob wirklich was Ernsthaftes passieren könnte.

»Was machst du denn heute für ein Gesicht?«, fragte die Bäckersfrau verwundert, als sie mir die Schneckennudeln einpackte. »Hast du eine schlechte Note gekriegt?«

»Nee.« Ich schniefte. »Und ein Roggenbrot, wie's meine Oma immer kauft, bitte.«

Schlechte Note, das war wieder typisch Erwachsene, die dachten immer, nur so was wäre für Kinder schlimm. Kleine Kinder, kleine Sorgen, sagten sie und lachten und dabei saß Oma am Fenster und dachte, Frau Sturm, die jetzt schon seit Monaten beerdigt war, hätte für sie eingekauft. Ich fühlte mich so elend, dass ich der Bäckersfrau am liebsten alles erzählt hätte, nur weil die grad da und erwachsen war, aber dann fiel mir ein, dass Oma immer sagte, die Frau Schröckel, die wäre eine alte Klatschtante, die hätte mehr Gerüchte als Brötchen in ihrem Laden. Über so was wie Omas Krankheit durfte man mit fremden Leuten sowieso nicht reden, das sagte Mama immer: Erzähl bloß niemandem davon. So was war anscheinend peinlich.

Ich packte Omas großen schwarzen Geldbeutel mit dem Schnappverschluss aus. Das Leder fühlte sich warm und trocken an wie ihre Hand.

»Hast du's klein?«, fragte Frau Schröckel.

Zurück brauchte ich ein bisschen länger, weil mir die Einkaufstüten um die Beine schlugen. Mein Herz klopfte wie wild, als ich die Treppe raufstürmte. Diesmal holte ich ohne zu zögern meinen Schlüssel heraus und schloss die Wohnungstür auf.

Drin wurde noch immer gesungen. Aber es war nicht mehr Selmas helles, sich überschlagendes Stimmchen, es war eine Frauenstimme, eine dünne, zitternde Frauenstimme.

Oma sang.

Ich hatte Oma noch nie singen gehört, außer in der Kirche, wo's nicht so auffiel, weil da viele alte Frauen dünn und zittrig sangen und manchmal sogar die zweite Stimme, wenn sie früher im Kirchenchor gesungen hatten, wie Großtante Frieda beispielsweise.

Wenn Erwachsene sangen, war mir das immer irgendwie peinlich; vielleicht lag das daran, dass sie's immer allein und hinter verschlossenen Türen taten, so dass eigentlich niemand zuhören konnte. Es musste für sie so was ähnlich Intimes sein, wie aufs Klo zu gehen.

Aber Oma sang nicht heimlich, sie sang vor.

Ich zog leise den Anorak aus, hängte ihn an die

Garderobe, schlüpfte aus den Schuhen und trug die Einkaufstüten ins Wohnzimmer.

Selma saß auf Omas Schoß und starrte fasziniert auf ihren Mund, auf diese faltigen, farblosen Lippen, die Wörter eines Liedes formten, das ich irgendwo schon mal gehört hatte. Aber nicht im Kindergarten.

Die beiden schienen mich nicht zu bemerken und so blieb ich einfach in der Tür stehen und hörte zu, wie Oma ihr Lied beendete.

»War das schön?«, fragte Oma genauso hoffnungsvoll wie vorher Selma.

»Jooo . . .« Selma zögerte. »Aber dass der dumme Jäger nachher das Rehlein totschießt, find ich gar nicht schön. Das arme Rehlein.«

Oma sah auf, entdeckte mich in der Tür.

»Manon!«, sagte sie und lachte und da war sie wieder. Mir fiel ein Stein vom Herzen. »Hast du alles gekriegt? Auch die Schneckennudeln?«

Ich nickte und konnte gar nichts sagen.

»Dann machen wir jetzt gleich einen Kakao«, beschloss Oma, hob Selma sanft von ihrem Schoß und stellte sie auf den Boden. Dann erhob sie sich und ging sehr gerade und mit erhobenem Kopf in die Küche.

Nachher spielten wir Mensch-ärgere-dich-nicht und die Figuren klebten dabei an unseren Schneckennudelfingern. Seit Frau Sturms Tod hatten wir dieses Spiel nicht mehr angefasst, ihr Triumphgeheul, ihr schallendes Gelächter und ihr beleidigter

Foxl fehlten uns und so spielten wir zu zweit lieber Elfer-raus, das hatte Frau Sturm sowieso nie gemocht – kein Wunder, es war auch ziemlich langweilig. Aber mit Selma konnte man wieder Mensch-ärgere-dich-nicht spielen. Sie verwechselte zwar ständig die Farben der Figuren, warf mit meinem blauen Männchen ihr eigenes rotes Männchen raus und zählte in einem fort falsch, aber wir mussten immer wieder so laut lachen, dass Heino wild herumhüpfte und kläffte.

Mitten in der dritten Runde klingelte es an der Haustür. Ich sprang so schnell auf, dass ich beinahe die Figuren umwarf – das hätten mir die anderen beiden bestimmt als Betrug ausgelegt, weil ich nämlich am Verlieren war. »Was ist?«, fragte Oma.

»Es hat geklingelt«, rief ich über die Schulter zurück. »Das war die Uhr«, erklärte Oma ihrer Urenkelin, die in die Tücken dieses Haushalts noch nicht so eingeweiht war.

Draußen stand mein Bruder. Er sah sich um, als wollte er sich vergewissern, ob noch alles heil war, keine Scheiben zerbrochen, keine Möbel umgekippt waren. »Na?«, fragte er.

»Wir spielen Mensch-ärgere-dich-nicht«, sagte ich. »Oma gewinnt. Sie wirft dauernd Sechser.«

»Ich hab aber auch schon gewonnen!«, quäkte Selma aus dem Nebenzimmer.

Mein Bruder küsste Oma auf die Backe, fuhr Selma gegen den Strich über die Haare und fühlte sich offensichtlich unwohl.

»Soll ich dir einen Kakao machen?«, fragte Oma.

Aber mein Bruder wollte keinen Kakao. Er war eigentlich nur gekommen um Selma und mich abzuholen und zu Hause wartete Regina mit dem Abendessen, so dass er sich gar nicht lange aufhalten konnte. »Aber das Spiel machen wir noch zu Ende«, bestimmte Oma und würfelte eine Sechs. »Bei einer solchen Glückssträhne muss man zu Ende spielen. Wo kommen wir denn sonst hin.«

Mein Bruder seufzte, zog das Jackett aus und holte sich ein Bier. Oma sah ihn ein bisschen entsetzt an, schüttelte den Kopf, »Junge, Junge, in deinem Alter . . .«, warf dann aber ungerührt Selmas und meine Männchen eins nach dem anderen hinaus, bis sie gewonnen hatte. »So«, sagte sie befriedigt, als sie ihr letztes Männchen eingeparkt hatte.

»Ich hab aber auch mal gewonnen«, maulte Selma.

»Du hast auch immer falsch gezählt«, sagte ich boshaft und schämte mich gleich ein bisschen dafür, denn das war fast so gemein, wie ein Kindergartenbild doof zu finden.

»Zieht euch mal an, wir gehen«, sagte mein Bruder.

»Moment.« Oma verschwand in ihrem Kühlraum-Schlafzimmer. Es war gut, dass wir gleich die Jacken anzogen, denn sie ließ die Tür offen stehen. Mein Bruder schien zu befürchten, dass Oma irgendwas suchte, denn er sah besorgt auf die Uhr. Sie tauchte aber ziemlich schnell wieder auf.

»Ich wusste doch, dass ich da noch was hab«, sagte sie und hielt uns eine angebrochene Kekspackung hin. »Aber teilt sie euch.«

Wir bedankten uns, küssten Oma auf die Backe, Selma küsste auch Heino und mein Bruder sagte: »Bist du noch bei Trost!« Dann gingen wir. Oma kam mit zum Auto und winkte, bis wir um die nächste Ecke bogen. »Hoffentlich hat sie sich jetzt nicht ausgeschlossen«, sagte mein Bruder. »Was hat sie euch denn da mitgegeben? «

»Kekse«, sagte Selma.

»Die Packung ist ja schon auf«, sagte mein Bruder. »Wer weiß, wie alt die schon sind. Die schmeißen wir lieber weg.«

Und er fuhr fast in eine Mülltonne, weil Selma neben seinem Ohr zu schreien anfing.

7.

Es war Advent, aber Oma durfte in ihrer Wohnung keine Kerzen anzünden.

Feuer war ihr streng verboten. Tante Rita beschlagnahmte alle Streichhölzer und Feuerzeuge, die sie finden konnte, aber weil Oma so unordentlich war, musste man damit rechnen, dass ihr an irgendeinem sehr unwahrscheinlichen Ort doch wieder eine Packung Streichhölzer in die Hände fiel. Tante Rita und Mama und auch Papa, wenn man ihn fragte, machten sich da große Sorgen. Das war, nachdem in der Unterstadt eine alte Frau ein Haus in Brand gesteckt hatte und dabei umgekommen war. Die anderen Hausbewohner hatten sich gerade noch retten können, aber das Haus selbst war vollständig abgebrannt. Corinna und ich waren nach der Schule heimlich mit dem Fahrrad hingefahren und hatten uns die Ruine angeschaut. Über den hohlen Fenstern waren die Wände ganz schwarz von den Flammen, die herausgeschlagen waren; vom Dach war nichts übrig bis auf ein paar verkohlte Balken, die sinnlos in den Himmel stachen. Vor dem Haus standen angekokelte oder vom Löschwasser aufgeweichte Möbel. Am schlimmsten aber fand ich den Geruch, diesen beißenden Geruch, der sich in jeder

Faser meiner Kleider festzusetzen schien. Ich zog mich sofort um, als ich nach Hause kam, und Mama steckte die Kleider in die Waschmaschine, aber es dauerte lange, bis ich sie dann wieder anziehen mochte, ohne dass mich dieser furchtbare Geruch in die Nase biss. Mama sagte, ich spinne, da wäre nichts, kein Geruch, das würde ich mir einbilden.

Ich begann von brennenden Häusern zu träumen, aus deren flackernd erleuchteten Fenstern Oma winkte und um Hilfe schrie.

Es gab eine ganze Menge Möglichkeiten, ein Haus anzuzünden. In erster Linie kam da der Herd in Frage, denn obwohl Oma nicht mehr kochte, machte sie sich doch ab und zu noch einen Tee oder wärmte eine Suppe auf. Außerdem – vielleicht vergaß sie eines Tages, dass sie nicht mehr kochte, und dann konnte doch wieder alles Mögliche passieren.

Mama fiel das Bügeleisen ein, aber Tante Rita holte regelmäßig Omas Wäsche und brachte sie gebügelt wieder zurück und wahrscheinlich würde Oma ohne Wäsche nicht auf die Idee kommen zu bügeln. »So kann das nicht weiter gehen!«, sagten Mama und Tante Rita und telefonierten viel miteinander und auch mit fremden Leuten und dann wieder miteinander über das, was diese Leute gesagt hatten.

Aber dann war erst mal Weihnachten, und weil das viel mit Feuer zu tun hatte und weil man um diese Jahreszeit alte Leute sowieso nicht allein lassen durfte, beschloss Mama Oma und Heino ein paar Tage bei uns unterzubringen.

Ich maulte ein bisschen, weil Oma in solchen Fällen mein Zimmer kriegte – da war die Matratze besser – und ich in das ehemalige Zimmer meines Bruders umziehen musste. Es war eine harte Prüfung, wenn ich irgendwo schlafen musste, wo mich nicht die vertrauten Möbel und Bilder umgaben; anders war das in den Ferien, da war sowieso alles aufregend, da gehörte ein fremdes Zimmer dazu.

Zur Bescherung waren auch mein Bruder mit Regina und Selma eingeladen.

»Vier Generationen von Weibern unter einem Dach!«, sagte mein Bruder zu Papa und legte ihm den Arm um die Schultern – das kann er leicht, weil er mindestens einen Kopf größer ist als Papa, aber Papa wird dann immer ein bisschen nervös –, »da müssen wir Männer zusammenhalten.«

»Heino ist ja auch noch da«, sagte ich.

»Der ist doch schon völlig verdorben«, sagte mein Bruder. »Schau nur, wie er sich schon wieder vor Mama auf dem Rücken wälzt. Weiberknecht.«

Selma sang Oma Weihnachtslieder vor. Dann sangen alle oder taten zumindest so, je nachdem. Mama und Oma kannten immer noch eine Strophe mehr von jedem Lied und so sangen zuletzt immer nur noch sie beide und wir anderen kuckten währenddessen unsere verzerrten Spiegelbilder in den Christbaumkugeln an.

Dann war Bescherung und wie immer richtete sich die Höhe der Geschenkberge nach dem Alter der Beschenkten: der von Selma war bei weitem der größte, dann kam meiner und ganz zuletzt der von Oma, denn die kriegte jetzt nicht mal mehr Kräuterschnaps und Honigkerzen und auch keine Haushaltsgeräte, nur noch die Flasche mit dem Stärkungsgetränk und ein Nachthemd oder so.

Heino interessierte sich am meisten für das aufgerissene Geschenkpapier, das überall auf dem Teppich herumlag. Er knurrte wild, biss sich darin fest und fetzte durch das ganze Zimmer, so dass Papa schon Angst um den gefährlich schwankenden Weihnachtsbaum bekam. Oma nahm mich im Trubel auf die Seite.

»Schau mal da«, sagte sie und wies auf ein kleines quadratisches Päckchen, das als Letztes unausgepackt auf ihrem Platz lag. »Rate mal, von wem das ist.« Aber weil ihr mein Nachdenken zu lange dauerte, verriet sie es gleich darauf: »Von Herrn Wenzel. Da wärst du nie draufgekommen.«

Von Herrn Wenzel!

»Das ist aber nett von ihm!«, sagte ich ein wenig neidisch, denn von Thorsten hatte ich natürlich kein Geschenk gekriegt; er hatte mir nicht mal frohe Weihnachten gewünscht, war am letzten Schultag einfach auf seinem Rennrad an mir vorbeigefahren ohne mich zu bemerken.

»Machst du's nicht auf?«, fragte ich neugierig und schluckte meinen eigenen Kummer hinunter.

»Soll ich?« Oma wog das Päckchen in der Hand.

Umständlich knotete sie das gekräuselte Geschenkband auf. Sie stellte sich so ungeschickt an, dass ich es kaum mit ansehen konnte. Dann löste sie ganz sorgfältig die Klebestreifen. Das dauerte auch wieder sehr lange, denn sie wollte das Geschenkpapier nicht zerreißen. Dieses Papier war auch sehr vornehm und passte gut zu Herrn Wenzel: silbergrau mit rosa Streifen.

Zum Vorschein kam eine schwarzgoldgemusterte Dose. Oma hob den Deckel und hielt ihre Nase hinein. »Tee!«, schwärmte sie.

Auf der Dose klebte ein goldenes Etikett, auf dem stand »Glühendes Kaminfeuer«. So hieß der Tee! Das war zwar albern, aber doch auch ein bisschen romantisch. Oma hatte wieder ihre roten Bäckchen. »Vielleicht meint er, ich soll ihn mal zum Tee einladen. Wie heißt er noch?«

»Herr Wenzel«, sagte ich und fand, dass das mit Omas Vergesslichkeit allmählich ein bisschen weit ging. »Den Tee meine ich natürlich«, sagte Oma ärgerlich. »Ich bin doch nicht blöd.«

»Natürlich.« Das war peinlich. »Glühendes Kaminfeuer.«

»Das ist schön«, sagte sie. »Ich lade ihn ein. Gleich im neuen Jahr.«

»Erst?« Erwachsene hatten wirklich eine merkwürdige Zeitvorstellung. Im neuen Jahr! Dabei war heute doch erst der 24. Dezember!

»Jetzt setz dich doch mal hin, Mutter«, sagte

Papa. »Am besten auf den Sessel hier, der ist am bequemsten. Wir räumen hier ein bisschen auf.«

Und er verscheuchte Heino vom Geschenkpapierhaufen. Der konnte sich gerade noch mit einem Bogen – nikolausrot mit weißen Schneeflocken – unter den Tisch retten, wo er das Papier genüsslich zu zerlegen begann. Oma sank auf den angebotenen Sessel. Unter dem Weihnachtsbaum heulte Selma wie eine Sirene.

»Was ist denn nun los?«, fragte Regina entsetzt.

Aber es war nicht viel passiert, Selma hatte bloß versucht ihrer neuen Barbiepuppe die Kleider zu wechseln – es war so eine Garnitur spitzenbesetzter Festkleider dabei und hochhackige knallrosa Plastikschuhe, auf so was fuhr Selma merkwürdigerweise völlig ab – und hatte ihr dabei den wasserstoffblonden Kopf abgerissen. »Das kriegen wir schon wieder hin«, tröstete mein Bruder und nahm das Schicksal der Enthaupteten in die Hände. »Siehst du, schon hält er wieder.«

Selma schniefte noch ein bisschen, dann zog sie die Puppe vollständig um und zeigte Oma stolz das Ergebnis. »Ein bisschen mager ist sie«, sagte Oma kritisch. »Beine wie ein Storch.«

»Das ist doch schön«, sagte Selma beleidigt und schleppte die Puppe zu ihrer Mutter um sich trösten zu lassen.

Mama sagte später: »Man hätte ihr keinen Alkohol geben dürfen.« Und Papa sagte darauf: »Wir hätten ihr aber doch auch nicht einfach ein Glas

Wasser hinstellen können.« Und Mama: »Aber das mit dem Wein war ein Fehler. Ich hab ihr extra noch eine Schorle gemacht, aber sie hätte überhaupt keinen Alkohol trinken dürfen.« Und Papa: »Jetzt lässt es sich auch nicht mehr ändern.«

Eigentlich fand ich, dass es Oma gut ging mit ihrer Weinschorle. Sie lächelte so still vor sich hin und ich dachte, wahrscheinlich stellt sie sich vor, wie sie mit Herrn Wenzel das »Glühende Kaminfeuer« trinkt. Sie sagte auch lange nichts, starrte nur auf den Christbaum, während die Erwachsenen darüber diskutierten, dass es wieder keinen Schnee gab zu Weihnachten und wie schlecht das für die Skifahrer, wie gut hingegen für die vom sauren Regen geschädigten Schwarzwaldtannen sei. Selma versuchte währenddessen mich für ihre Barbiepuppe zu begeistern. Weil das nicht gelang, versuchte sie's bei Heino, stieß aber auf genauso wenig Verständnis.

Dann sagte Oma in eine zufällig entstandene Schweigepause hinein: »Nächstes Jahr, wenn euer Vater wieder zurück ist, machen wir wieder einen ganz großen Baum, bis an die Decke, wie vor dem Krieg.«

Das Schweigen vertiefte sich zum Abgrund. Alle sahen einander, aber nicht Oma an. Die wandte nun ihren Blick vom Baum ab und richtete ihn zärtlich auf die Anwesenden.

»Dann gibt es vielleicht auch schon wieder richtiges Fleisch – und Kaffee. Aber Hauptsache, er kommt zurück.« Tränen traten in ihre Augen. »Hauptsache, er kommt überhaupt zurück, euer Vater, Hauptsache, sie lassen ihn gehen.« Und sie begann hemmungslos zu weinen.

Regina schaffte Selma aus dem Zimmer. Mama warf mir einen Blick zu, in dem geschrieben stand, dass sie mich nun auch gerne im Bett gewusst hätte. Dann legte Mama Oma die Hand auf die Schulter und sagte: »Mutter, komm zu dir, das ist doch alles lang vorbei.«

»Kommt er denn zurück?«, fragte Oma und richtete einen tränenblinden, aber hoffnungsvollen Blick auf Mama.

»Aber ja«, sagte Mama hilflos. »Natürlich kommt er zurück.«

»Er ist schon so lange fort!«, schluchzte Oma. Papa wand sich in seinem Sessel, stand dann auf, ging in die Küche und klapperte dort mit dem Geschirr. »Hol Oma ein Taschentuch«, sagte Mama zu mir. Ich holte ihr eins und mir gleich eine ganze Packung. Oma schnaubte in das ihre.

»Wie soll ich ihm das sagen mit Irma?« Ihre Stimme zitterte. »Er wird sagen, ich hab nicht aufgepasst, aber ich hab doch aufgepasst, die Ärzte haben doch selber gesagt, da ist nichts zu machen, das ist Schicksal, einfach Schicksal, dagegen kann man sich nicht wehren.«

»Es war nicht deine Schuld«, sagte Mama. »Natürlich war es nicht deine Schuld.«

Irma wäre meine andere Tante gewesen, wenn sie

nicht als kleines Kind an irgendeiner Krankheit gestorben wäre, gegen die man damals noch nichts machen konnte, aber heute ja, und das war Fortschritt. Und damals, als das passierte, war mein Opa noch »in Gefangenschaft«; das heißt, er war im Krieg als Soldat von den Franzosen gefangen genommen worden und die ließen ihn auch nach Kriegsende noch nicht gleich nach Hause.

»Jetzt komm schon, Oma«, sagte mein Bruder. »Spinn doch nicht. Das ist doch alles schon lang vorbei.«

»Ja, Mutter«, sagte Mama. »Komm zu dir.« Aber Oma ließ sich nicht beruhigen.

»Soll ich dir einen Tee machen?«, fragte ich. Ich war auch schon ganz verheult, weil ich es nicht ertragen konnte, wenn Erwachsene weinten, das war einfach schrecklich. »Glühendes Kaminfeuer, von Herrn Wenzel, weißt du?«

Mama starrte mich verständnislos an. »Wieso Glühendes Kaminfeuer? Aber einen Baldriantee könntest du ihr machen. Ich hab noch welchen. Vielleicht hilft das ein bisschen.«

Papa spülte in der Küche das Geschirr. Er tat das energisch und laut und hatte die Haare ein bisschen ins Gesicht hängen.

»Ich mach ihr einen Baldriantee«, sagte ich.

»Mhm.«

»Konnte sie denn was dafür wegen Irma?«

Er richtete sich auf, wischte sich mit der Spülhand über die Nase, so dass ein kleiner Schaumhöcker darauf zurückblieb, und starrte mich an. »Natürlich nicht«, sagte er. »Damals starben viele Kinder an solchen Krankheiten. Es gab ja noch kein Penicillin.«

»Hast du sie gern gehabt?«, wollte ich wissen.
»Wen?«

»Irma.«

Papa tauchte wieder ins Spülbecken ab. »Ich war ja noch ganz klein«, sagte er. »Ich kann mich gar nicht richtig an sie erinnern. Du kannst hier mal ein bisschen abtrocknen, bis das Wasser kocht.«

Ich hatte noch nie viel über (Tante?) Irma nachgedacht. Die wäre heute eine erwachsene Frau und hätte Kinder in meinem Alter oder eher älter und vielleicht wäre sie lustig und würde mich mögen und sie würde mir Bücher ausleihen und ich könnte jetzt bei ihr Mittag essen, weil das bei Oma nicht mehr ging.

Es könnte aber auch sein, dass sie eine böse alte Hexe geworden wäre, die Kinder überhaupt nicht leiden konnte und Tauben vergiftete und über alle anderen Leute herzog, so etwa wie die Tröndle-Marie.

Aber über Tote durfte man ja nichts Schlechtes denken. Jedenfalls war mir etwas entgangen, es hätte in dieser Familie noch einer mehr da sein müssen und dieser eine war jetzt nur deswegen nicht da, weil sie das Penicillin nicht rechtzeitig erfunden hatten.

»Das Wasser kocht«, sagte Papa.

Im oberen Stockwerk schrie Selma, weil sie schlafen sollte.

Gleich zu Beginn des neuen Jahres passierten zwei ganz schreckliche Dinge.

Das erste passierte noch vor Ferienende, als ich an einem sonnigen, kalten Nachmittag – es lag immer noch kein Schnee, gut für die Tannen im Schwarzwald – mit Corinna und ein paar anderen Kindern aus meiner Klasse zum Schlittschuhlaufen ging.

Ich mochte die Schlittschuhbahn; im Sommer war es ein Schwimmbad, aber im Winter froren sie das Wasser irgendwie ein, jedenfalls konnte man im Schwimmbecken dann Schlittschuh laufen, und das unter freiem Himmel, so dass man einen Sonnenbrand kriegte, und dazu spielten sie dann klassische Musik. Die war aber so leise, dass sie nicht störte.

Zuerst sah es ja so aus, als wäre es etwas ganz besonders Gutes, was da passieren würde. Ich traf nämlich Thorsten.

Der stand ein bisschen unsicher auf seinen Schlittschuhen am Rand und kuckte den Schlittschuhläufern zu.

Meine Knie wurden so weich, dass ich erst mal selber an den Rand fahren musste, aber auf die entgegengesetzte Seite. Ich klammerte mich fest, starrte zu Thorsten hinüber und wusste, dies war ein Moment, in dem ich allen Mut zusammennehmen musste. »Wir machen eine Kette!«, schrie Corinna zu mir herüber. »Komm!«

»Gleich!«, rief ich zurück.

Dann nahm ich die Überquerung der Bahn in Angriff. Das war mit einem Mal ziemlich schwierig, dauernd prallte man fast mit unvorsichtigen Läufern zusammen und das Eis war irgendwie auch besonders glatt auf dieser Strecke.

Schließlich rutschte ich neben Thorsten ans Geländer. »Hallo!«, sagte er überrascht.

»Hallo!«, sagte ich überrascht. »Bist du öfters hier?«, fragte er. »Ja«, sagte ich.

»Ich bin zum ersten Mal hier«, sagte er, hob seinen linken Fuß und betrachtete misstrauisch die schmale Kufe. »Ich weiß ja nicht, wie das gehen soll.«

»Es ist gar nicht schwer«, sagte ich, oder zumindest so was Ähnliches, weil meine Kiefer plötzlich so steif waren, wahrscheinlich wegen der Kälte.

»Ich hab auch einen guten Lehrer«, sagte er und lächelte so warm, dass eigentlich die gesamte Eisbahn auf einen Schlag hätte auftauen und sich ins sommerliche Schwimmbecken verwandeln müssen.

Und da kam *sie*. Sie war älter als ich und dunkelhaarig und trug einen dicken rosaweiß gestreiften Wollschal, was doch gar nicht nötig gewesen wäre, denn das warme Lächeln, das eine ganze Eisbahn auftauen könnte, galt ihr. Sie fuhr heran, bremste in elegantem Bogen ab und kam neben Thorsten zum Stehen ohne sich auch nur am Gitter festhalten zu müssen.

»Na, wie ist es?«, fragte sie. »Versuchen wir's?«

Und sie streckte ihm ihre Hand entgegen. Ich starrte regungslos auf diese Hand, auf den rosaweiß gestreiften Handschuh, der da in der Luft hing und dann plötzlich im Griff eines größeren, dunkelblauen Fausthandschuhs verschwand.

»Bis dann«, sagte Thorsten und glitt aus meinem Leben.

Hinten hatte sie einen dicken, geflochtenen Zopf, der ihr fast bis zum Po reichte.

Von diesem Tag an hasste ich dicke, geflochtene Zöpfe, Schlittschuhlaufen und rosaweiß gestreifte Handschuhe und Schals.

Und Oma hatte Herrn Wenzel zum Tee eingeladen.

»Am Mittwoch kommt er.«

Sie hatte nicht noch einmal danach gefragt, wann Opa aus der Gefangenschaft zurückkäme, das war so plötzlich verschwunden, wie es gekommen war. »Was soll ich anziehen?«

»Irgendwas«, sagte ich unwirsch und kam mir ein bisschen gemein vor, aber es war auch ungerecht, dass ihr Herr Wenzel zu Besuch kommen würde, während mich nie mehr im Leben irgendein männliches Wesen interessieren konnte.

»Magst du Frauen mit Zöpfen?«, fragte ich Heino.

»Kommt drauf an, wie sie riechen«, antwortete Oma an seiner Stelle und das war gemein, denn ich musste lachen und das hatte ich eigentlich auch nie wieder in meinem Leben tun wollen.

»Sie kann keinen Liebeskummer haben«, sagte

Papa. »Sie ist noch viel zu jung. Sie kümmert sich doch nicht mal drum, wie sie rumläuft.«

»Ich bin mir da nicht so sicher«, sagte Mama.

Noch bevor Herr Wenzel zu Besuch kommen konnte, also noch vor Mittwoch, geschah das zweite Schreckliche, das eigentlich von heute aus gesehen noch schrecklicher war als das erste. Damals fand ich es ungefähr gleich schlimm wie Thorstens Untreue.

Oma fiel die Treppe runter.

Seit ihrem Sturz im Schwarzwald war sie sehr unsicher auf den Beinen und besonders gefährlich war es dann, wenn Heino auch noch an seiner Leine zerrte.

Der war aber nicht daran schuld, dass sie die Treppe hinunterfiel. Er war gar nicht dabei, als es passierte. Oma wollte eigentlich nur runtergehen und in ihren Briefkasten sehen, und das, obwohl sie sagte, da wären immer nur Rechnungen drin. Vielleicht war sie noch ein bisschen verschlafen. Jedenfalls fiel sie. Frau Ziegler aus dem ersten Stock kam auf Omas Schrei hin aus ihrer Wohnung gestürmt, stürmte dann wieder in ihre Wohnung hinein und rief den Notarzt.

Mir wurde ganz flau, als ich aus der Schule zu Omas Haus kam und Mamas Auto vor der Tür stand. Sie hätte im Büro sein müssen, das wusste ich genau, und wenn sie um diese Zeit bei Oma war, dann war was passiert.

»Such Heinos Sachen zusammen«, sagte sie, nachdem sie mir erzählt hatte, was geschehen war. »Wir nehmen ihn mit.«

Heino hatte sich in eine Ecke verkrochen und machte Augen, als wäre er doch an allem schuld gewesen. »Ist es schlimm?«, war alles, was ich fragen konnte.

»Wahrscheinlich nicht. Das Bein ist wieder gebrochen, und ob sonst noch was gebrochen ist, weiß ich nicht. Ich fahr nachher gleich ins Krankenhaus.«

»Darf ich mit?«

»Du gehst mit Heino nach Haus«, bestimmte Mama. »Du musst ja auch was essen.«

Ich packte Heinos Decke, Fressnapf, Leine und Futter ein. Er sah sich das misstrauisch an, kam dann mit hängenden Ohren aus der Ecke gekrochen und schnupperte an seiner Decke.

»Die nehmen wir mit«, erklärte ich ihm. »Und dich auch.«

Wie er mich ansah!

»Es ist nicht für immer«, fügte ich hastig hinzu. »Nur bis Oma wieder aus dem Krankenhaus kommt. Das war doch schon mal, erinnerst du dich? Es dauert gar nicht lang.«

Es war klar, dass er mir kein Wort glaubte. Dann fiel mir etwas ein.

»Heute ist Mittwoch!«

»Und?«, fragte Mama. »Hast du heute Nachmittag Schule? Ich dachte, nur montags und donnerstags.«

Herr Wenzel war ein Geheimnis zwischen Oma und mir. Ich überlegte fieberhaft, wie ich mich noch mal kurz unter irgendeinem Vorwand loseisen und Herrn Wenzel Bescheid sagen konnte. Mir fiel nichts ein. Vielleicht, wahrscheinlich sogar, hatte er sowieso alles mitbekommen: den Trubel im Flur, den Notarzt, Mama und mich.

Mama zog die Tür hinter sich zu. Von da an hatte ich einen Hund. Aber das hatte ich mir doch immer ganz anders vorgestellt.

8.

Ich war sauer auf Heino, weil der sich überhaupt nicht wie ein richtiger Hund benahm. Ein richtiger Hund durfte nämlich mindestens drei Tage lang nichts fressen, wenn man ihn von seinem Herrchen oder Frauchen trennte. Heino jedoch wirkte vollkommen unbekümmert, er schlang wie ein Wolf, und das schon am ersten Abend, als er gerade bei uns eingezogen war. »Schließlich kennt er dich gut«, sagte Papa. »Er ist hier ja nicht völlig fremd und verloren.«

»Er hat einfach keinen Charakter«, sagte ich, obwohl ich noch nicht mal genau wusste, was das war. Es hieß immer, Katzen hätten Charakter, Hunde dagegen nicht, und das hatte was damit zu tun, dass Hunde, wenn sie gut erzogen waren, ihrem Herrchen aufs Wort gehorchten und auch Dinge taten, zu denen sie eigentlich gar keine Lust hatten. Katzen taten das nicht, und das war Charakter. Es war als Kompliment für Katzen und als Beleidigung gegen Hunde gemeint.

Und obwohl ich Hunde ja normalerweise verteidigte, konnte ich Heino erst mal gar nicht leiden, nachdem Oma die Treppe runtergefallen war. Und dazu kam noch seine sklavische Begeisterung für meinen Vater. Für den ließ er mich glatt stehen, dabei mochte Papa Hunde gar nicht besonders. »Er spürt, dass ich der Chef bin«, erklärte Papa. »Hunde unterwerfen sich immer dem Leittier der Meute.« Mama war gerade nicht im Zimmer und ich konnte nicht viel dagegen sagen, mein Chef war er ja wirklich.

Ich fragte Mama jeden Tag, ob sie mich zu Oma ins Krankenhaus mitnehmen könnte. Sie wollte aber nicht. »Es geht ihr gar nicht gut.«

»Aber es geht ihr bestimmt besser, wenn viel Besuch kommt.«

Bei mir war das so, wenn ich Grippe hatte oder so was; da musste nur jemand aus meiner Klasse zu Besuch kommen oder Oma oder Regina mit Selma – das war aber selten, denn die sollte sich nicht anstecken – und schon tat der Kopf nicht mehr so weh.

Aber Mama sagte: »Ich weiß nicht mal, ob sie merkt, wenn Besuch kommt.« Sie seufzte und mir wurde einen Moment ganz unheimlich.

Nach ungefähr einer Woche durfte ich aber doch mit. Ich überlegte, was ich Oma mitbringen konnte. Mitbringen musste man was, wenn man Kranke besuchte, das war klar. Oma mochte Schnapspralinen. Die waren teuer und hatten den Nachteil, dass Oma sie nicht mit mir teilen konnte, was bei allen anderen Süßigkeiten sehr wahrscheinlich gewesen wäre. Wenn ich zum Beispiel die cremegefüllten Pralinen . . . Aber die mochte sie wirklich nicht so gern.

Manchmal hatte ich den Verdacht, dass die Erwachsenen Schnapspralinen eigens deswegen erfunden hatten, damit sie irgendwas Leckeres hatten, das sie nicht mit ihren Kindern zu teilen brauchten. Ich schwankte noch einen Moment – lohnte sich das denn, wo sie doch womöglich nicht mal merkte, dass Besuch kam –, aber dann brach mir der Schweiß aus, so entsetzt war ich von mir selbst, und ich raste in den Laden an der Ecke und kaufte die größte Schachtel, für die mein Taschengeld noch reichte.

Mama war so abwesend, dass sie nicht mal fragte, was ich da in der großen Tüte mit mir rumschleppte. Sie fuhr ihr Auto aus der Garage, ich zog das Garagentor hinter ihr zu und stieg ein.

Es war zum Glück ein anderes Krankenhaus als das, in dem damals Frau Sturm gelegen hatte, nachdem sie ihre Kiefern hatten fällen wollen. An Frau Sturm mochte ich gar nicht denken. Oma war ja nur die Treppe runtergefallen; sie lag nicht im Krankenhaus, weil jemand sie geärgert hatte. Das konnte doch nicht so schlimm sein! Am Stock war sie ja sowieso schon gegangen, das mit dem Bein konnte also auch nicht mehr viel schlechter werden.

Dieses Krankenhaus lag am Stadtrand, ein braungrauer Klotz, bis zu dessen Fuß die angrenzenden Wiesen sich gerade noch vorwagten. Es gab ein Pförtnerhäuschen, an dem musste man vorbei. Da wurde man von einer dicken älteren Frau durch die Scheibe gleichgültig gemustert. Mama brauchte nicht zu fragen, wie man zu Omas Zimmer gelangte, sie war ja schon ein paar Mal hier gewesen. Im Haus war alles ziemlich bunt, sogar die Treppengeländer schimmerten tannengrün und im Flur hingen Blumenfotos. An den Fenstern allerdings standen nur graue Leute in Bademänteln und sahen hinaus, als wäre das da draußen Fernsehen.

Wir stiegen zwei Treppen rauf, gingen dann links den Gang hinunter. Vor einer der ebenfalls tannengrünen Türen machte Mama Halt und sah mich noch einmal nachdenklich an. Neben dem Türrahmen hing ein kleines Namensschild. Drei Namen standen da drauf und einer davon war der von Oma. Gerade so, als würde sie hier richtig wohnen! Dabei war sie doch nur vorübergehend hier und es kam auch kein Briefträger, der hätte wissen müssen, wer hier lag. Der Briefträger brachte die Post immer noch in die richtige Wohnung und Mama holte sie dort ab, aber nur alle paar Tage, es kam ja doch nichts Wichtiges.

Mama klopfte an die grüne Tür, und obwohl niemand »Herein« sagte, machte sie leise auf.

Das Zimmer war ganz hell, weil es auf der gegenüberliegenden Seite ein großes Fenster hatte und die Wände und Betten so weiß waren. Man musste erst einmal blinzeln. Drei Betten standen da mit dem Kopfende zur Wand. Es waren diese merkwürdigen Krankenhausbetten mit den Stangen und Knöpfen, die so aussehen, als könnte man in ihnen nur noch kränker werden.

Oma lag im mittleren Bett. Das musste jedenfalls

Oma sein, denn unten hatte sie als Einzige ein dikkes Gipsbein. Ich bin nicht sicher, ob ich sie ohne das Gipsbein erkannt hätte. Es war ein fremder, schmutzig grauer Kopf, der da auf dem Kissen lag, mit ganz dünnen Haaren, die in alle Richtungen standen. Ihre Augen waren offen, aber sie starrte an die Decke. Wahrscheinlich hatte sie uns nicht gehört.

»Mutter«, sagte Mama leise und trat an das Kopfende des Bettes. Ich stand wie festgewurzelt neben dem Gipsbein. »Mutter, wie geht es dir heute?«

Der graue Kopf wälzte sich in atemberaubender Langsamkeit auf Mamas Seite, aber die Augen kuckten immer noch so, als sähen sie nur Decke. »Mutter, ich bin's ... und Manon ist auch da.« Mama sah mich auffordernd an.

»Hallo, Oma«, sagte ich mechanisch. »Wie geht es deinem Bein?«

In den Betten links und rechts von Omas Bett lagen noch zwei andere schmutzig graue Köpfe. Der linke schaute mit müder Neugier zum mittleren Bett herüber. »Junge Frau«, sagte eine zittrige Stimme und meinte wohl Mama, »junge Frau, ich bitte Sie, sorgen Sie doch dafür, dass man die Leiche hier rausnimmt.« Mama erstarrte, aber dann begriff sie, dass der linke Kopf den Kopf ganz rechts meinte. Wir sahen gebannt auf das dritte eingefallene Gesicht im Raum. Mama trat leise an das Bett und studierte eingehend die starren Züge. Ich kriegte ganz weiche Knie.

»Sie atmet doch«, sagte Mama erleichtert. »Sie lebt.«

»Ich will nicht mit einer Leiche auf demselben Zimmer liegen«, wimmerte die linke Frau. »Nehmt doch die Leiche da raus! Nehmt die Leiche raus!«

Glücklicherweise kam in diesem Moment eine Krankenschwester herein, die die Situation offenbar eher lustig fand und der Frau ganz links beruhigend den Handrücken tätschelte.

»Wenn die Leute tot sind, nehmen wir sie schon raus«, sagte sie. »Da brauchen Sie keine Angst zu haben.« Oma reagierte überhaupt nicht. Sie kuckte Mama an, wie man die Decke ankuckt, und dann wälzte sie den Kopf in der gleichen Zeitlupengeschwindigkeit zurück und starrte wirklich wieder die Decke an und da fühlte ich mich geradezu erleichtert.

»Was hast du eigentlich in der Plastiktüte?«, fragte Mama, als wir durch den langen Flur Richtung Treppe gingen. Ich drehte mich um und rannte – durfte man in Krankenhäusern rennen oder war das mehr so wie auf Friedhöfen, wo alles leise und langsam abzulaufen hatte? – zurück zum Zimmer, an dem Omas Name stand, und das fand ich jetzt doch ganz gut mit dem Namen, denn die Türen sahen alle gleich aus, ich hätte Oma nie mehr wiedergefunden. Ich schlüpfte hinein und legte die große Schachtel Schnapspralinen auf Omas Nachttisch. Dann stand ich noch einen Moment zögernd an ihrem Bett, aber ich konnte ihr keinen Kuss geben, sie war so grau.

»Wenn du wüsstest«, sagte ich düster zu Heino, als wir nach Hause kamen, und ließ ihn mit seinem Ball einfach stehen.

Den ganzen Abend über kaute ich an der Frage herum, aber erst, als ich dann im Bett lag und Mama noch mal bei mir reinsah – das machte sie zu der Zeit nur noch selten –, traute ich mich es auszusprechen. »Wird sie denn wieder gesund?«

»Nein«, sagte Mama.

»Dann wird sie sterben?«, fragte ich und meine Stimme wurde ganz dünn.

»Das glaube ich nicht«, sagte Mama.

Was das nun bedeutete, erzählten mir weder Mama noch Papa noch Tante Rita, und Selma hatte ja schon gar keine Ahnung, die tobte mit Heino so durch den Garten, dass ich mir dagegen ganz alt und weise vorkam. Mein Bruder wollte von dem Thema auch nichts hören. Schließlich erbarmte sich Regina. »Eure Oma ist verwirrt«, sagte sie. »Und laufen wird sie auch nie mehr richtig können. Man kann sie von jetzt an nicht mehr allein lassen.«

»Geht dann jetzt immer einer von uns hin und passt auf sie auf?«, fragte ich.

»Nein«, sagte Regina. »Das geht nicht. Es müsste ja auch nachts jemand da sein. Rund um die Uhr. Deswegen muss eure Oma in so ein Heim, wo immer jemand da ist, der auf sie aufpassen kann.«

»Ins Altersheim?«, fragte ich entsetzt.

»Ins Pflegeheim«, korrigierte Regina. »Das ist so ähnlich.«

»Sie hat aber gesagt, sie bringt sich um ...«, heulte ich los, »wenn sie ins Altersheim kommt.«

Regina wischte die Kuchenkrümel von der Tischplatte in ihre Handfläche. »Das sagt man so«, murmelte sie. »Und außerdem bin ich mir gar nicht sicher, ob sie's überhaupt wahrnimmt.«

Es war nicht leicht, so schnell ein Pflegeheim zu finden, das Platz hatte für Oma. Sie blieb ein paar Wochen im Krankenhaus. Der Winter drehte noch einmal den Hahn auf und kippte eine Ladung Schnee auf die ersten vorsichtig keimenden Krokusspitzen. Draußen war's so weiß wie im Krankenhauszimmer und die Bäume hatten auch so graue, eingefallene Gesichter wie die Frauen in den Betten. Dann kam die Fasnacht und ich hatte auf dem Schulweg Angst vor den Hexen und Gespenstern, die manchmal kleinere Kinder einfingen und mit Ketten fesselten, und einmal, als ich noch kleiner war, hatten sie mich sogar mit einer Schnurpeitsche so fest auf die Beine geschlagen, dass ich danach ganz rote Striemen hatte.

Das rechte Bett in Omas Zimmer war irgendwann leer und auch der linke graue Kopf verschwand; stattdessen lag dort jetzt eine Frau, die jünger war, etwa so alt wie meine Mutter, und jedes Mal gerade Zeitschriften las, wenn wir kamen. Seit sie da war, wirkte das Zimmer irgendwie farbiger und man fühlte sich gleich besser. Allerdings hatte ich den Verdacht, dass sie die Schnapspralinen aufaß, die wir Oma mitbrachten. Ich sah nie, dass Oma selbst eine nahm; die Schachteln standen immer neben ihrem Bett und waren dann plötzlich irgendwann leer. Die jüngere Frau mochte Süßigkeiten, das sah man ihr und ihren Zeitschriften an.

Nach einiger Zeit reagierte Oma wieder auf Besucher und irgendwann erkannte sie mich sogar und fragte auch nach Heino. An diesem Tag ging ich ganz glücklich nach Hause und dachte, sie hätten alle, alle Unrecht und Oma würde wieder gesund werden.

»Wer weiß«, sagte Papa, als ich ihm davon erzählte. Aber Mama zog die Augenbrauen hoch.

»Mach dir keine falschen Hoffnungen«, sagte sie. »Oma kann nicht mehr in ihre Wohnung zurück. Selbst wenn's ihr einen Moment lang wieder besser geht, kann sich im nächsten schon wieder alles ändern.« Oma musste erst wieder gehen üben. Dazu mussten wir ihr in den neuen Bademantel helfen, den sie eigentlich wegen Herrn Wenzel gekauft hatte. Ich war froh, dass sie einen neuen, sattfarbenen Bademantel hatte, denn alles andere an ihr war grau und verwaschen. Der Bademantel war etwas Besonderes, etwas richtig Schönes, nichts auf dem Krankenhausflur war damit vergleichbar, nicht einmal die Blumenbilder.

Links und rechts musste man Oma stützen. Eigentlich schleppte man sie mehr, als dass sie von sich aus ging, und bei jedem Zentimeter vorwärts jammerte sie, als täte man ihr etwas Furchtbares an. Manchmal fluchte sie auch so, dass Mama rot wurde und ich Oma auf meiner Seite vor Lachen kaum mehr halten konnte.

Der Schnee gab auf und schmolz und in einem entlegeneren Stadtteil fand sich ein Platz im Pflegeheim. »Ideal ist das ja nicht.« Mama war nicht so begeistert. Aber Tante Rita knipste ihre zwei Süßstofftabletten in den Kaffee und sagte:

»Man muss froh sein, wenn man sie überhaupt irgendwo unterbringt.«

»Vielleicht ergibt sich ja später noch was anderes«, sagte Onkel Theo. »Dann kann sie immer noch wechseln.«

»Im Krankenhaus behalten sie sie jedenfalls nicht mehr länger. Es muss schnell was passieren.«

»Letztes Mal hat sie mich gefragt, wie es in der Schule geht«, sagte ich. »Sie hat ganz genau gewusst, dass ich Sport nicht leiden kann.«

»Mit dem Auto ist man doch schnell dort«, sagte Papa. »Man muss ihr ein paar Sachen aus der Wohnung holen«, sagte Tante Rita. »Ein paar Kleider zumindest. Sie muss ja irgendwann wieder aufstehen, auch wenn sie nicht mehr richtig laufen kann.«

»Ich hol die Sachen«, sagte Mama. »Klär du das mit der Heimleitung und frag, wann wir kommen können.«

»Nimmt sie Heino mit?«, fragte ich und wusste

nicht, ob ich es für Oma hoffen oder für mich fürchten sollte. »Natürlich nicht.« Tante Rita entsetzte sich so sehr, dass ihr Kaffee in der Tasse schwappte. »Das würde denen gerade noch fehlen, wenn die Leute alle ihr Viehzeugs mitbrächten.«

Es klang wirklich nicht so, als könnte man sich in diesem Heim wohl fühlen.

Als Mama und Papa Oma vom Krankenhaus ins Pflegeheim brachten, durfte ich schon wieder nicht mit (»Es ist ja gar kein Platz im Auto, wir haben doch ihre ganzen Sachen dabei.«). Gegen Abend kamen sie nach Hause und Mama sah verweint aus. Papa schenkte sich noch vor dem Abendessen einen Cognac ein und setzte sich vor den Fernseher. Er schaute starr auf den Bildschirm, obwohl er ihn gar nicht eingeschaltet hatte, und Heino verkroch sich im Garderobenschrank und war nicht einmal mit Salami hervorzulocken. Vielleicht hatte er doch ein bisschen Charakter. »Wann kann ich sie denn besuchen?«, fragte ich Mama, als ich den Tisch fürs Abendessen deckte. »Leg allen auch eine Gabel hin, für den Salat«, sagte Mama. »Du kannst jederzeit mitkommen, wenn ich fahre. Morgen zum Beispiel.«

»Morgen kann ich nicht«, sagte ich schnell. »Morgen Nachmittag treffe ich mich mit Sabine, Elke und Jörg. Wir müssen was machen für Erdkunde. Gruppenarbeit.«

»Dann ein andermal«, sagte Mama. »Du wirst

wahrscheinlich noch oft genug die Gelegenheit haben.« Das mit der Gruppenarbeit bei den Hausaufgaben konnte keiner leiden und das Merkwürdige daran war, dass die Lehrer, die so was aufgaben, immer zu glauben schienen, sie täten uns was ganz besonders Gutes. Man konnte den Verdacht haben, dass es ihnen gar nicht wirklich um die gestellte Aufgabe ging, sondern dass die Gruppenarbeit an sich pädagogisch wertvoll sein sollte, und da kam man sich dann ganz schön blöd vor, wenn man sich wirklich um die Sache bemühte.

Ich hatte Geburtstag und bekam keine rosa Nelken, denn die hatte mir Oma immer geschenkt. Weil gerade Osterferien waren, gab es auch keine richtige Geburtstagsfeier. Für Kindergeburtstag war ich sowieso schon zu alt, sagte mein Bruder. Immerhin war der Geburtstag in einer Hinsicht nicht so traurig wie sonst, denn diesmal konnte ich wenigstens nicht enttäuscht sein, dass ich keinen Hund kriegte. Ich hatte ja jetzt einen, auch wenn es eigentlich Omas Hund war und er außerdem glaubte, Papa sei der Leitwolf, und wenn er auch so einen blöden Namen hatte, dass ich es kaum wagte, ihn auf der Straße zu rufen,.

Und Oma, Heinos Frauchen, lebte nun schon seit Wochen im Pflegeheim und wir beide hatten sie noch kein einziges Mal besucht. Heino durfte gar nicht, sagte Mama. Wegen der Hygiene. In Pflegeheimen musste alles ganz sauber sein und Tiere schleppten jede Menge Bazillen mit sich herum und hinterließen sie überall, das wusste man. Menschen durften ruhig kommen, die wuschen sich regelmäßig und haarten auch nicht so. Das klang so streng wie im Krankenhaus. Aber im Krankenhaus lag man nur, bis man gesund war, dann konnte man wieder nach Hause gehen und dort konnte einen jeder besuchen und dabei jedes Tier mitbringen, das noch durch die Tür passte.

Wenn man jemanden im Krankenhaus besuchte, dann war es da peinlich sauber und roch unangenehm, aber das machte nichts, denn es war nur eine vorübergehende Einrichtung. Es war gut zu wissen, dass das nur vorübergehend war.

»Oma ist jetzt schon seit Wochen im Heim und du hast sie noch kein einziges Mal besucht«, stellte Mama fest. Bevor ich noch den Mund aufmachen konnte, sagte sie: »Morgen kommst du mit. Egal, was du sonst vorhast, du sagst es ab. Da hast du immer so getan, als würdest du so an deiner Oma hängen und nun besuchst du sie nicht einmal. Du kannst doch nicht so undankbar sein. Jetzt heul bloß nicht auch noch«, schloss sie und machte hinter sich die Tür zu.

Heino durfte wirklich nicht mit. Heino mitbringen wäre das beste gewesen, wenn man Oma schon was mitbringen wollte. Immer Schnapspralinen, das war auch nicht mehr interessant, außerdem war ich mir sicher, dass im Krankenhaus die Zeitung lesende Bettnachbarin alle aufgegessen hatte. Ich hätte vielleicht auch einen Kuchen backen können, aber da hätte ich Mama um Erlaubnis bitten müssen und die hätte wieder was von meinem schlechten Gewissen gesagt.

Dann hatte ich eine Idee: Vielleicht brauchte Oma was aus ihrer Wohnung.

Da ging niemand mehr hin, außer Mama, wenn sie die Post holte und die Blumen goss. Am Telefon äußerten Mama und Papa sorgenvolle Laute, wenn die Sprache auf die Wohnung kam. Ich war nie mehr da gewesen seit Omas Unfall, aber den Schlüssel hatte ich noch. Zuerst wollte ich unbedingt Heino mitnehmen, aber dann fand ich, das war gemein, denn sicher bekam er dabei Heimweh und dann würde er zwar trotzdem weiter fressen, aber bestimmt wäre er irgendwo tief unten in seinem kleinen gelben Bauch todunglücklich und würde gar nichts mehr verstehen.

Außerdem hätte ich mit der Straßenbahn fahren müssen um ihn mitnehmen zu können und mit dem Rad war es weniger umständlich.

Ich fuhr dreimal um den Block, bevor ich mich dazu überwinden konnte, mein Fahrrad an der Wand von Omas Haus abzustellen, die Haustür aufzuschließen und die Treppe zur Wohnungstür hinaufzuschleichen.

Es roch muffig im Haus und irgendwoher wusste ich, dass es immer so gerochen hatte, aber trotzdem war es heute ein anderer Muff, ein feindlicher Muff, aus dem Oma bereits gestrichen war. Fast wäre ich an dieser Stelle wieder umgekehrt ... So allein in fremde Wohnungen einzudringen! Aber war das eine fremde Wohnung? Wie oft war ich in den letzten Jahren hier gewesen, hatte am Küchentisch meine Hausaufgaben erledigt und dabei auf das gedämpfte Schnarchen aus dem Schlafzimmer gelauscht, darauf gewartet, dass Oma ihren Mittagsschlaf beendete und wir alle zusammen in den Park gingen oder ...

Ich schloss schnell die Tür auf.

Es roch nach leerem Kühlschrank und schon lange nicht mehr gekocht und nur von Zeit zu Zeit gelüftet. An der Garderobe hing Omas Wintermantel, der Fohlenmantel, der meine Enkelliebe auf eine so harte Probe gestellt hatte. Leute im Pelzmantel konnte ich nämlich gar nicht leiden, das war Tierquälerei. Obendrauf lag der enzianblaue Hut und natürlich hingen Schirme da, gleich drei, der schwarze, der mit den gelben Blümchen und der blaue mit dem orangefarbenen und roten Band ringsrum. Und ihre Ausgehhandtasche hing da, die, die sie besonders mochte, weil man sie mit einer Hand öffnen konnte, wenn man in der anderen einen Schirm hielt. Und Schuhe standen neben dem Garderobenschrank. Ich probierte nur auf die Schuhspitzen zu starren und mir vorzustellen, dass Oma in den Schuhen drinsteckte und sie sich gleich auf mich zu bewegen würden. Aber weil alles reglos blieb, sah ich wieder auf und ging ins Esszimmer.

Am besten schaute man gar nicht alles so genau an, denn jedes Ding, das da hing und lag und stand, war wie ein Loch, eine ganz speziell geformte Vertiefung, wie die Löcher in den ersten Holzpuzzles damals im Kindergarten, eine Vertiefung, die so speziell geformt war, dass nur Oma hineinpasste.

Ich wollte nur schnell irgendwas finden, das ich Oma mitbringen konnte, und dann ganz schnell wieder gehen.

Als Erstes fiel mir die Skelettuhr ein. Und weil ich so froh war, dass mir überhaupt was eingefallen war, stieg ich sofort auf einen Stuhl und nahm sie von der Wand. Die Gewichte schwangen irritiert im Raum und schlugen mir gegen die Schenkel. Ich hatte ein bisschen Herzklopfen, denn bestimmt war die Uhr sehr empfindlich und ging kaputt, wenn man sie falsch hielt oder falsch behandelte oder sie gar fallen ließ. Das war keine schlechte Idee mit der Skelettuhr, aber dann fiel mir ein, dass ich die unmöglich auf dem Gepäckträger transportieren konnte. Ich stieg also wieder auf den Stuhl und versuchte sie zurück an ihren Platz zu hängen. Das erwies sich als sehr viel schwieriger und ich kämpfte minutenlang verbissen.

Dann stieg ich wieder runter und begann in den Schränken nachzusehen. Das fühlte sich ganz besonders verboten an, denn außer beim Tischdecken hatte ich nie irgendeinen von Omas Schränken geöffnet und drin herumspioniert. Ich konnte mich vor Herzklopfen auch kaum konzentrieren und so klappte ich hastig Schranktüren auf und wieder zu ohne richtig hinzusehen.

Da klingelte es an der Tür.

Ich blieb erstarrt am Boden hocken. Wer konnte das sein? Keiner wusste doch, dass ich hier war.

Es klingelte erneut, diesmal länger, energischer. Ich überlegte, ob ich aus dem Fenster klettern sollte, aber das war zu hoch. Also schlich ich in Richtung Flur. Durch die Glasscheibe hindurch erkannte ich eine schemenhafte Gestalt, die ihrerseits ihr Gesicht nah an die Scheibe hielt um drinnen etwas zu erkennen. Jetzt klopfte es energisch.

»Ist da jemand? Hallo!«

Die Stimme kannte ich. Es war Herr Wenzel. Erleichtert machte ich die Tür auf. »Jetzt aber«, sagte er. »Du bist das. Ich dachte schon, es wäre ein Einbrecher in der Wohnung. Deine Mutter und deine Tante kommen immer nur abends und dann steht auch ihr Auto vor dem Haus.«

»Ich bin mit dem Fahrrad da«, sagte ich. »Siehst du!«, sagte Herr Wenzel. »Darauf habe ich nicht geachtet.«

Er trat vorsichtig ein und sah sich um. Ich glaube, er kam sich genauso fremd vor in der omalosen Wohnung wie ich.

»Gießt du die Blumen?«, fragte er.

»Nee.« Ich erzählte ihm, warum ich hier war und dass man die Skelettuhr – bei dem Wort grinste er ein bisschen – nicht auf dem Gepäckträger transportieren konnte. »Dann wollen wir mal überlegen«, sagte er und ließ sich auf die Eckbank sinken. »Etwas Kleines wäre gut. Etwas Kleines, das deiner Oma aber viel bedeutet. Irgendein Schmuckstück vielleicht.«

Aber über Omas Schmuck wusste ich so gut wie gar nichts, außer dass sie ihn manchmal trug und manchmal nicht und dass ihre Ohrringlöcher schon ziemlich ausgeleiert waren.

»Irgendwas, was du ihr mal geschenkt hast«, schlug Herr Wenzel vor.

Aber man konnte Oma ins Pflegeheim keine gehäkelten Topflappen oder Kerzenständer aus Wäscheklammern mitbringen. Das sah Herr Wenzel ein und er zeichnete mit dem hageren Zeigefinger das Karomuster der Tischdecke nach, während er weiter überlegte. »Etwas, was ihr dein Opa mal geschenkt hat«, war seine nächste Idee. Und das war ein Treffer, denn da fiel mir sofort der kleine Porzellanesel ein, den ihr Opa von einer Geschäftsreise nach Italien mitgebracht hatte. Die Geschichte hatte mir Oma unzählige Male erzählt, obwohl es eigentlich gar keine richtige Geschichte war. Der Esel stand im Wohnzimmer auf dem Fernseher, war klein, und ich kriegte ihn problemlos in meinen Rucksack.

Kein Wunder, dass Oma in Herrn Wenzel verknallt war, der war für sein Alter wirklich nett und hatte diese lieben Augen.

Er begleitete mich hinaus, trug Grüße an Mama und Heino auf und sagte:

»Kommt mich doch mal besuchen.« Er sagte das in einem lustigen Tonfall. Es war klar, dass er nicht ernsthaft damit rechnete.

9.

Oma weinte, als sie den Esel sah und Mama und mich. Jedenfalls hatte sie Wasser in den Augen und das lief über.

Wenn alte Leute weinen, haben sie keine richtigen runden Tränen wie Kinder. Das ist mehr so ein Nässestreifen, der sich über ihr Gesicht zieht, und kleine Wellen zeichnen sich darauf ab, wenn's besonders schlimm wird. Tränen verlieren im Alter ihre Form, ebenso wie der ganze Körper seine Form verliert. Es muss alles hässlich sein an alten Leuten, so wie an Kindern alles schön sein muss. In Biologie haben wir gelernt, das mit den großen Augen bei den Kindern heißt Kindchenschema und ist dazu da, dass die Erwachsenen einen Brutpflegetrieb kriegen und ganz wild darauf sind, sich um die Kinder zu kümmern. Wie die umgekehrte Erscheinung bei den alten Leuten heißt, weiß ich nicht, das kam in der Biologiestunde nicht vor.

Bei den Eskimos gehen die Alten weg und verhungern freiwillig, wenn sie zu nichts mehr gut sind. Das ist wichtig für den Erhalt der Sippe, weil nicht genug zu essen da ist.

Vielleicht sind sie deswegen so hässlich, damit keiner weint, wenn sie weggehen.

Aber jetzt, wo das mit dem Erhalt der Sippe nicht mehr so dringend ist, wäre es doch eigentlich besser, wenn sie wieder so schön und niedlich werden würden wie Kinder, so dass dann bei den jüngeren Leuten wieder der Pflegetrieb ausbrechen würde.

Das wäre immerhin ein bisschen gerechter. Es wäre sicher gut für die alten Leute, wenn alle sie ein bisschen lieber hätten.

Oma stellte den Esel auf das Nachttischchen. »Danke dir, Manon«, sagte sie. »Wo hast du denn den gekauft?«

Über dem Nachttisch hingen lauter Fotos von Opa und Papa und meinem Bruder und mir und Selma und über dem Bett hing ein Kruzifix. An der anderen Seite standen noch ein Bett, genau das gleiche wie Omas, und nochmal der gleiche Nachttisch; und auch darüber hingen Fotos von irgendwelchen Leuten, die Kinder und Enkel und der verstorbene Ehemann von Omas abwesender Zimmergenossin sein mussten.

Es war kein gemütliches Zimmer, aber die Aussicht vom Fenster war ganz schön. Da standen ein paar Bäume und sicher lebten Vögel drin. »Gott sei Dank kommt ihr mich holen«, sagte Oma. »Ich bete jeden Tag, dass ihr mich bald holen kommt.« Und sie stand auf und griff nach ihrem Stock.

»Ja, wir gehen jetzt ein bisschen spazieren«, sagte Mama munter. »Ich glaube, du brauchst eine Jacke. Es ist recht kühl draußen.«

»Ich hab keine Jacke«, sagte Oma. »Nur den Bademantel. Im Krankenhaus geben sie einem keine Jacke. Die haben Angst, man läuft ihnen weg.«

Mama ging an den Schrank und nahm eine dünne, beigefarbene Strickjacke heraus. Oma wunderte sich aber überhaupt nicht, dass nun doch eine Jacke da war. Sie streckte nur missgelaunt ihre Arme aus, so dass Mama ihr die Jacke überziehen konnte, wie sie das sonst immer mit Selma machte. Mama sagte nicht, Oma sollte Fäuste machen, wie sie das bei Selma sagte, damit die mit ihren Fingern und Fingernägeln nicht an den Maschen von der Strickjacke hängen blieb.

Ich wäre plötzlich sehr froh gewesen, wenn Selma da gewesen wäre. Vielleicht hätte sie mit Oma gesungen. Wir schleppten Oma in den Park des Pflegeheims. Anders als schleppen kann man es nicht bezeichnen, denn sie ging kaum einen Meter von allein und die ganze Zeit jammerte sie leise vor sich hin. »Wann gehen wir denn nach Hause?«, wollte sie wissen. Mama überhörte das und steuerte auf eine Bank zu. »Vorsicht, Kind«, sagte Oma. »Ein Auto.« Es kam aber gar kein Auto, nur ein Rollstuhl, der von einer freundlich grüßenden Schwester geschoben wurde. Drin saß ein griesgrämig dreinschauender alter Mann, der uns keines Blickes würdigte.

»Ein Auto«, kicherte ich.

»Das ist nicht lustig«, sagte Mama und drückte Oma auf die Bank.

»Was hast du heute gegessen?«, fragte sie dann munter. Oma verzog das Gesicht. »Diesen Krankenhausfraß«, sagte sie. »Ist völlig egal, was die kochen. Schmeckt immer gleich schlecht. Wird Zeit, dass ich wieder in meine Küche komme.«

»Mutter«, sagte Mama vorsichtig und legte ihr die Hand auf den Arm, »du wohnst jetzt hier. Du kannst nicht wieder zurück in deine Wohnung.«

»Der Wind ist kalt«, sagte Oma und verschränkte die Arme. »Es ist zu kalt hier draußen.«

»Gleich kommt die Sonne raus«, sagte Mama. »Dann wird es besser.«

Eine Zeit lang saßen wir so alle drei nebeneinander auf der Bank und schwiegen jeder über was anderes. Die Sonne schob sich tatsächlich hinter einem Wolkenfetzen hervor und ihre Strahlen fielen auch auf unsere Bank.

»Es ist zu warm in der Sonne«, sagte Oma düster ohne uns anzusehen.

»Sollen wir dir die Jacke wieder ausziehen?« Mama stand auf, aber Oma wehrte sich und so setzte Mama sich wieder hin und seufzte und meinte, ich sollte Oma etwas aus der Schule erzählen. Aber es war schwer, Oma etwas zu erzählen, wenn Mama dabei war und besser zuhörte als Oma selbst. Alles, was mir einfiel, war die Beschreibung unseres neuen Referendars, der beim Sprechen immer ch und sch verwechselte. »Mecklenburgiche Seenplatte«, sagte er. »Legt die Büscher unter den Tich.«

»Und unsere Religionslehrerin redet auch ganz komisch.« Ich geriet in Fahrt, zog die Augenbrauen hoch, machte einen Lippenstiftmund und sagte mit hoher Stimme: »Da sie-chten sie im Krie-ch . . .« Aber ich musste allein lachen. Oma schmunzelte höchstens so ein bisschen ganz hinten in den Augen, aber vielleicht wäre ihr auch nur fast eine Mücke reingeflogen. Mama sah in die Tiefe des Parks hinein und seufzte.

»Eure armen Lehrer«, sagte sie, was deutlich bewies, dass sie nicht zugehört hatte.

Oma erzählte auch nichts, und wenn Mama ihr irgendwelche Fragen stellte um das Gespräch anzukurbeln, gab sie ganz einsilbige Antworten wie ein beleidigtes Kind. »Ja.« – »Nöö.« – »Mir egal.« Sie nahm das übel mit dem Pflegeheim, das war klar und ich konnte das verstehen, ihre Wohnung war ja auch viel schöner. Was sollte sie hier bloß den ganzen Tag machen? »Da sind doch noch so viele andere Frauen«, sagte Mama. Es waren auch Männer da, aber die kamen wahrscheinlich zur Unterhaltung nicht in Frage.

»Das sind doch alles Irre.« Oma kriegte vor Aufregung ganz rote Bäckchen. »Lauter Irre. Die essen mit den Fingern und scheißen sich in die Hosen . . .«

»Mutter«, sagte Mama entsetzt und zu mir: »Das ist *nicht* lustig.« Aber diesmal musste sie doch selber ein bisschen lachen.

Insgesamt lief alles recht gut. Nur hatte das Ganze wenig mit Oma zu tun, jedenfalls nicht mit dem Menschen, den ich die ganzen Jahre als Oma gekannt hatte. Manchmal war sie ja doch einen kleinen Moment lang wieder da, sah mich an, als würde sie gleich die Würstchen ins heiße Wasser werfen oder »Aida« auflegen. Aber dann versank diese Kern-Oma ganz schnell wieder in einer starren fremden Hülle.

Irgendwie war ich ganz froh, als wir sie zum Abendessen ins Esszimmer brachten, sie an ihren Tisch setzten und uns verabschiedeten. Da sah ich auch, was Oma gemeint hatte mit den Irren. Eine Frau saß auf ihrem Stuhl und schaukelte mit starrem Blick vor und zurück. Die links neben Oma kippte ihre Teetasse um und lachte laut, als die Pflegerin mit dem Wischlappen herbeistürzte und sagte: »Aber Frau . . .« Neben der Tür saß eine fremde Frau, die hielt Mama am Ärmel fest und sagte vorwurfsvoll: »Da bist du ja, Kindchen. Wird aber auch Zeit.«

Vor jedem Stuhl stand ein Teller mit klein geschnittenem Leberwurstbrot.

Oma war ganz bleich.

»Lasst mich nicht hier«, bettelte sie. »Nehmt mich mit.«

»Das geht nicht, Mutter«, sagte Mama, die auch ganz bleich war. »Du musst irgendwie damit zurechtkommen. Es ist zu deinem Besten.«

Oma warf eine Gabel durchs Zimmer, die Pflegerin sagte: »Aber Frau . . .«, und stürzte hinterher. »Ich will hier raus!«, brüllte Oma. »Wir machen das schon«, sagte die Pflegerin und legte ihre Hände auf Omas Schultern. »Gehen Sie nur.«

»Du böses Weib«, schrie Oma uns nach. »Du hast mich verkauft! Ich will dich nicht mehr sehen!« Dann waren wir draußen.

Mama ging mit mir Eis essen. Selber bestellte sie nur einen Kaffee. Sie saß vor diesem Kaffee und sah so aus, als hätte sie gern geraucht, obwohl sie übers Rauchen sonst immer nur schimpfte. »Das ist alles ziemlich schwierig«, sagte sie und ich war mir gar nicht sicher, ob sie's zu mir sagte, es klang, als spräche sie mit einem Erwachsenen, nicht mit mir. »Aber es geht einfach nicht anders. Das ist für keinen von uns schön.«

»Und gehst du jetzt nicht mehr hin?«, fragte ich und rührte in meinem Eis.

»Natürlich gehe ich wieder hin«, sagte Mama.

»Aber sie hat doch gesagt, sie will dich nicht mehr sehen.«

»Das meint sie nicht so.« Jetzt hatte Mama wieder ganz rote Augen. »Sie ist nur verzweifelt. Man darf ihr das nicht übel nehmen. Hat sie dich erschreckt?«

»Nö«, log ich und überlegte, wie ich für die nächsten Wochen jeden Tag eine Ausrede finden könnte um Oma nicht wieder besuchen zu müssen. Vielleicht sollte ich in einen Sportverein eintreten, aber die trainierten meistens abends. Oder mir einen Job suchen. Zeitungen austragen. Die nahmen schon ziemlich junge Leute.

Mama legte den Geldbeutel auf den Tisch um den Kellner herbeizulocken.

»Es ist deine Oma«, sagte sie. Und: »Das wird nie mehr so sein wie früher.«

Wir waren uns richtig nah, Mama und ich, vielleicht, weil Oma so weit weg war.

Dass es richtig ernst war mit dem »nie mehr so wie früher«, das dämmerte mir erst, als sie anfingen Omas Wohnung auszuräumen. Sie hatten es lange hinausgezögert. Aber »man darf sich nichts vormachen«, sagte Mama. Und weil die Wohnung leer stand und Miete kostete und viele Leute froh gewesen wären, sie hätten so eine Wohnung, und weil man sich eben nichts vormachen durfte, wurde die Wohnung gekündigt und Mama und Tante Rita und auch Tante Cleo, die extra angereist kam, fingen an die Schränke auszuräumen. »Komm doch nach der Schule mal vorbei«, sagte Mama. »Vielleicht möchtest du irgendwas haben, was wir sonst wegschmeißen. Viel hat sie ja nicht.«

Das war ein merkwürdiger Vorschlag von Mama, denn die konnte es sonst gar nicht leiden, wenn ich in meinem Zimmer lauter Dinge anhäufte, die andere Leute weggeschmissen hätten.

Im Geschichtsbuch stand, dass die Leute sich früher bei Hinrichtungen versammelten wie zu einem Volksfest, dass sie alle ganz begierig danach waren, irgendeinen Kopf rollen und Blut strömen zu sehen. Ich verstand das ja nicht, wenn ich es las, aber als ich nach der Schule zu Omas Wohnung fuhr, verstand ich es doch ein bisschen. Es war so ein gruseliges Wohlgefühl, dass da die Wohnung geschlachtet wurde. Da geschah etwas ganz Ungeheuerliches, Unwiderrufliches, aber ich wollte es sehen, ich wollte dieses Gefühl haben, das mich jetzt auf der Treppe im Hals würgte, ich wollte all die geköpften und gehängten Möbel sehen und ihre Innereien, die sie in Pappkartons für den Flohmarkt verpackten (»Man muss froh sein, wenn überhaupt irgendjemand das Zeug nimmt!«).

Angewidert stieg ich über die Leichenteile hinweg durch die Wohnung.

»Wenn dir irgendetwas einfällt«, sagte Mama, »jetzt kannst du's noch sagen.«

Ich setzte mich auf die Eckbank und versuchte zu überlegen. Das war nicht einfach, denn ich wusste, ich saß zum letzten Mal auf dieser Eckbank und an diesem Tisch und sah aus diesem Fenster auf diese Birke.

Es war eigentlich zu schlimm, um es auszuhalten.

Die drei Frauen räumten stumm. Mitunter hielten sie inne, starrten auf irgendeinen Gegenstand, der ihnen in die Hände gefallen war, sagten dann vielleicht: »Schaut mal her« oder »Kennt ihr das noch?«, und seufzten, wenn sie den Gegenstand in den Flohmarktkarton legten: »Aber wozu soll man so etwas aufheben . . .«

Auch die Schirme kamen auf den Flohmarkt, die meisten jedenfalls. Wie bunte Trophäen von Serengeti-Antilopen stapelten sie sich in der Ecke.

Wir wateten in Blut, aber wir waren nicht die Mörder, wir räumten nur eine Sauerei weg, an der keiner schuld war. Das war vermutlich das Leben, mit dem sie einem von klein auf drohten und das man sonst immer nur in den Nachrichten sah oder im Film, aber da war's dann nicht so echt und nach spätestens anderthalb Stunden vorbei.

»Fällt dir nichts ein?«, fragte Mama. Sie hatte sich mit dem Handrücken einen Schmutzstreifen auf die feuchte Stirn gewischt. »Irgendein Andenken. Du warst doch so oft hier.«

»Ich hab ja Heino«, sagte ich.

»Ein Hund ist kein Andenken«, sagte Mama und wahrscheinlich meinte sie damit, dass auch Heino in ein paar Jahren sterben würde, und dann hatte man gar nichts mehr, aber das sprach sie nicht aus, weil sowieso schon zu viel Tod in der Wohnung lauerte.

Dann fiel mir was ein.

»Das Pflanzenbuch, das hätte ich gerne als Andenken.«

»Welches Pflanzenbuch?«, fragte Mama.

Es war gar kein richtiges Pflanzenbuch, es war mehr so eine Sammlung loser Blätter in einem Karton, der wie ein Buch aussah. Auf jedem Blatt war vorne eine einheimische Pflanze abgebildet, in Farbe. Auf der Rückseite war die Pflanze beschrieben: wie sie hieß, woran man sie erkannte, wo man sie fand und wozu sie gut war, vor allem, wenn es eine Heilpflanze war. Darin guckten wir immer nach, wenn wir von unseren Spaziergängen zurückkamen und irgendeine unbekannte Pflanze gesehen hatten oder wenn eine von uns Magenschmerzen hatte oder Bindehautentzündung und Oma mir zeigen wollte, was man auch noch hätte tun können außer in die Apotheke zu gehen. Es blieb immer bei der Theorie, aber die Vorstellung fanden wir verlockend, einfach in den Wald zu gehen statt zum Arzt. »Früher« hätte man das noch öfter gemacht, sagte Oma. Da gab es noch nicht so viele Arzneien oder sie waren zu teuer. Ich weiß nicht, welches Früher sie meinte, ob das, in dem sie klein war, oder eins, das noch viel länger her war.

»Heute würdest du dich mit Heilpflanzen vom Feld wahrscheinlich vergiften«, sagte mein Bruder. »Da ist doch alles gespritzt oder es geht eine Hauptverkehrsstraße dran vorbei.«

So richtig gebrauchen konnte man das Buch, oder wie man es nennen sollte, also nicht mehr. Aber es wäre immerhin ein Andenken. Ich würde immer daran denken, wie wir am Tisch gesessen hatten und in diesen Seiten geblättert und . . .

»Das habe ich noch nie gesehen«, sagte Mama ein bisschen unsicher.

»Doch, ich kenne das«, sagte Tante Rita. »Aber ich hab's schon lange nicht mehr gesehen.«

»Die Bücher haben wir schon eingepackt.« Mama beugte sich über einen großen Karton. »Aber vielleicht haben wir es übersehen.«

Das Pflanzenbuch tauchte nicht mehr auf. Vielleicht hatte Oma es weggeworfen oder verliehen oder verschenkt oder es war einmal Eigentum einer Kräuterhexe gewesen, die es jetzt, wo Oma es nicht mehr gebrauchen konnte, einfach weggehext hatte. Ein anderes Andenken wollte ich mir nicht überlegen. Ich wollte überhaupt nichts mehr haben. Und wenn ich nie mehr auf dieser Eckbank sitzen sollte, wollte ich auch jetzt gleich schon nicht mehr drauf sitzen. Ich wollte nach Hause fahren und mit Heino einen langen Spaziergang machen. Ich brauchte kein Andenken an Oma, schließlich war sie nicht tot und Heino war sogar noch ziemlich jung, auch wenn ein Menschenjahr sieben Hundejahre waren und er deswegen genau genommen schon viel älter war als ich.

Auf der Treppe fing mich Herr Wenzel ab. Er fragte nicht, wie's mir ginge, legte mir auch nicht tröstend die Hand auf die Schulter, sondern sagte nur. »Ich hab deine Oma dort besucht.«

Und da war es einen Moment wieder da, das ganz Schreckliche, das »Glühende Kaminfeuer«, die klein geschnittenen Leberwurstbrote und die Schneckennudeln mit Kakao.

10.

Mama hat ein Baby im Bauch!«, verkündete Selma, während sie die letzte Kuchensahne vom Löffel leckte. Am Tisch herrschte einen Moment lang überraschtes Schweigen. Nur Regina selber lachte.

»Ist das wahr?«, fragte Mama schließlich. »Hast du . . . ich meine, erwartet ihr wieder ein Kind?«

»Ja«, sagte mein Bruder und war noch ein Stück größer als sonst, was Papa wahrscheinlich gar nicht mehr ertragen konnte. »Im August.«

Tante Rita wandte sich an Selma: »Und hättest du gern einen Bruder oder eine Schwester?«

»Am liebsten einen Hund«, sagte die und guckte neidisch auf Heino, der mit aufgestellten Ohren und einer angehobenen Vorderpfote vor dem Tisch saß und beschwörend auf die Kuchenplatte starrte.

Es wurde wohlwollend gelacht. »Die Kleinen!«

»Uns ist es ganz egal«, sagte Regina. »Hauptsache, es ist kein Hund.«

»Ich freue mich«, sagte Mama. »Herzlichen Glückwunsch.«

»Da müssen wir noch einen Sekt kalt stellen«, sagte Papa, der solche Gelegenheiten gern nutzt.

So oder so ähnlich hatte das mit Selma ja auch

mal angefangen. Die Familie saß beieinander und redete darüber, dass bald noch jemand dazugehören würde, den man noch gar nicht kannte, von dem man nicht wusste, wie er hieß, und ob man ihn mögen würde. Auf Selma hatte ich mich ja damals irgendwie gefreut, aber trotzdem – musste das denn jetzt wieder von vorne losgehen mit dem Theater um das neue »Kleine«?

Warum musste überhaupt immer wieder jemand Fremdes in die Familie kommen? Ich hätte ja stattdessen lieber Oma behalten. Aber das meinten die Leute wohl, wenn sie wissende Blicke in die Ferne schraubten und in leisem Singsang sagten: »Jaja, das Leben geht weiter.« Damit wollten sie sagen, dass die alten Leute irgendwann verschwanden und dafür wieder ganz fremde Kinder auftauchten, als wäre das ein Trost.

Oma, daran musste man sich immer wieder erinnern, war außerdem ja noch da und lebendig. Es wurde allerdings immer schwieriger, sie zu erkennen. Das lag daran, dass sie ihr jetzt viele Medikamente gaben. Die sollten sie beruhigen. Es war nötig, dass sie sich beruhigte, denn sonst warf sie mit Gabeln und Tellern und ein paar Mal war sie sogar schon mit dem Stock auf die Pflegerinnen losgegangen. Da hatten sie ihr erst mal den Stock weggenommen und ihr dann Tabletten gegeben. Die machten Oma sehr müde, so dass sie jetzt meistens im Bett lag, wenn wir kamen. Selbst wenn sie gerade mal wach war, konnte sie kaum aufstehen und ihre Augen waren ganz merkwürdig, wie glatte graue Rheinkiesel.

Ich ging nicht oft hin.

Über ein Jahr war sie jetzt im Heim. In ihrer Wohnung wohnten längst andere Leute. Die hatten bestimmt keine Skelettuhr und keine Eckbank und in ihrem Schlafzimmer war es vermutlich warm wie in einem tropischen Dschungel.

Herr Wenzel besuchte Oma manchmal im Heim. Das war merkwürdig, denn sie erkannte ihn schon lange nicht mehr. Einmal war er gerade zu Besuch, als ich mit Mama hinkam. Er saß auf einem weißen Stuhl am Bett und sah Oma an, aber ich glaube, er sah gar nicht richtig auf Oma, er sah irgendwas viel Größeres, und als wir ihn begrüßten, schreckte er auf wie aus dem Schlaf. »Eine treue Seele« nannte Mama ihn. Und sie sagte: »Mutter hat gar nie erzählt, dass sie einen so netten Nachbarn hat.«

Mir war es zuerst ein wenig unangenehm, ihn zu sehen, weil ich ihn auf seine Einladung hin nie besucht hatte. Er schien es mir aber nicht übel zu nehmen, lächelte ganz freundlich und fragte auch nicht nach der Schule. Er war wirklich ein sehr netter Mann.

Ich kaufte mir meine ersten engen Jeans. Die waren modern und auf das, was modern war, musste man achten, wenn man ein Mädchen und dreizehn war. Das hatte mir Corinna gesagt, die sich mit mir schämte. Obwohl ich jetzt Hosen hatte, deretwegen sich Corinna nicht mit mir schämen musste, waren wir keine richtigen Freundinnen mehr. Nachmittags ging ich mit Heino spazieren und nahm dabei die kleineren Mädchen aus der Nachbarschaft mit oder ich besuchte Regina und Selma oder ich telefonierte mit Renate, die vielleicht meine beste Freundin war, aber genau am entgegengesetzten Ende der Stadt wohnte. Renate hatte noch eine richtige Oma, eine ohne Hund, aber mit Eckbank. Sie hatte mich einmal mitgenommen zu dieser Oma, aber als ich auf der Eckbank saß und Renates Oma Tee für uns kochte – aus dem Alter mit dem Kakao waren wir raus –, da fühlte ich mich mit einem Mal ganz elend; ich verabschiedete mich schnell und wollte nie wieder hingehen.

Es hatte keinen Sinn, sich an Eckbänke zu gewöhnen.

Ich sah in der Stadt Thorstens langbezopfte Freundin mit einem anderen Jungen und schöpfte wieder Hoffnung. Thorsten hatte inzwischen fast schon einen Bart und ging sehr erwachsen. Wir grüßten uns in der Schule, redeten aber nie miteinander. War vielleicht ganz gut, dass Corinna mir das gesagt hatte mit den engen Hosen. Natürlich achtete so ein netter Junge wie Thorsten nicht auf Äußerlichkeiten, aber schämen sollte er sich mit einem ja auch nicht gerade.

Ein Nachbar brachte mir einen jungen Star. Der war schon ziemlich groß, fast flügge, hatte ein dichtes braunes Gefieder, gelbe Ränder am Schnabel und beleidigte Augen. Mama sagte gleich »Oje«, als sie ihn sah. Das mit den jungen Vögeln endete immer auf dieselbe tragische Weise. Die ließen sich nicht füttern oder hatten innere Verletzungen oder gingen auf sonst irgendeine Weise ein und ich musste sie dann im Garten beerdigen und Kreuze aus dünnen Ästchen auf ihre Gräber stellen. Aber dieser hier, der sah ganz unverletzt aus und er war schon so groß, dass er eigentlich gar keine Eltern mehr brauchte.

Ich setzte ihn in eine ausgepolsterte Schachtel und stellte ihm Wasser hin. Er saß in eine Ecke gekauert, die Augen angstvoll aufgerissen.

Als es Abend wurde, begann sein Tanz. Er duckte sich, breitete die Flügel aus und versuchte zu fliegen. Aber da musste etwas kaputt sein. Er schlug Purzelbäume, rückwärts, vorwärts, und landete immer wieder auf dem Rücken. Da lag er dann, den Schnabel leicht aufgesperrt. Der Wasserbehälter war ausgekippt und das Wasser bildete einen dunklen Fleck auf dem Zeitungspapier, mit dem ich die Schachtel ausgelegt hatte. »Der hat ein gebrochenes Rückgrat«, sagte Papa. »Dem müsste man den Hals umdrehen, das wäre das gnädigste.« Und er ging schnell raus, bevor irgendjemand von ihm verlangen konnte diesen schrecklichen Gedanken in die Tat umzusetzen.

Der Star tanzte die ganze Nacht. Mitunter war es minutenlang ruhig und ich dachte, jetzt ist er tot, stand aber nicht auf um nachzusehen. Aber dann hörte man wieder das Purren der kleinen Flügel, das Kratzen der Füße auf dem Zeitungspapier. Ich zog mir die Decke über die Ohren und schwitzte. Und irgendwann schlief ich ein. Als ich aufwachte, war es still im Pappkarton. Ich kroch aus dem Bett und tappte auf bloßen Füßen hinüber. Der Star lag auf der Seite, schräg auf seinen Schnabel gestützt, die milchigen Augen halb offen. Ekel packte mich. Ich wollte ihn nicht begraben, ich wollte ihn einfach ganz schnell loswerden. Ich wickelte die Zeitungen um ihn herum zusammen, stopfte das Bündel in eine Plastiktüte und rannte zur Mülltonne. Ich war eine Verräterin. Ich war eine Verräterin, weil ich ihn nicht gerettet hatte, weil ich ihm nicht den Hals umgedreht hatte und weil ich ihn nicht mal beerdigte, weil ich ihn einfach in den Müll stopfte wie einen leeren Joghurtbecher und den Deckel über ihm zuklappte ohne ihn in ein Grab mit richtigem Kreuz zu legen.

Im August kam plangemäß das neue Kind zur Welt. Es war natürlich kein Hund, dafür aber ein weiteres Mädchen, das nun seinerseits den Beinamen »die Kleine« von Selma übernehmen konnte. Arme Selma! Die gab zwar erst mal an wie Oskar mit ihrer kleinen Schwester, aber irgendwann würde sie schon merken, dass damit irgendwas »vorbei« war.

»Wenn sie größer ist, spielt sie mit mir«, sagte sie. Aber bis jetzt war das Schwesterchen eher langweilig, brüllte nur oder schlief oder wurde gestillt, worüber Selma mir mit wissenschaftlicher Begeisterung zu berichten wusste. Sie durfte nämlich zukucken. »Als du noch so klein warst, hast du auch so gegessen.« Solche ungeheuren Behauptungen stellte sie auf.

Als ich an einem Mittwoch im November aus der Schule kam und Mama sagte: »Oma ist gestorben«, empfand ich im ersten Moment so etwas wie Wiedersehensfreude. Jetzt gab es sie wieder, nicht nur einen Körper, der reglos und mit Kieselaugen im Bett lag und niemanden erkannte und den man trotzdem mit »Oma« anreden musste, obwohl der eigentliche »Oma-Teil« irgendwo unterwegs verloren gegangen war. Jetzt waren sie wieder zusammen, der Körper und Oma, irgendwo, wo auch immer das sein mochte, und von da aus kuckte sie mich jetzt mit lebendigen Augen an und winkte zum Abschied.

Doch dieser Moment ging vorbei und mir wurde ganz kalt. Ich legte mich zu Heino, der wieder mal gar nichts mitkriegte, außer dass irgendwas nicht stimmte, auf den Teppich. Der Teppich war aus Omas Wohnung, sie hatte ihn selbst geknüpft. Ich zog Heinos Ohren zwischen den Fingern durch – das ließ er sich stundenlang begeistert gefallen. Mich fror. Ich weinte nicht, im Gegensatz zu Mama und Papa. Aber ich mochte nichts essen und keiner sagte diesmal »Stell dich nicht so an« wie im Sommer bei der Geschichte mit dem jungen Star.

»Ich geh nicht mit auf die Beerdigung«, sagte ich.

»O doch, du kommst mit«, bestimmte Mama. Und dann, ein bisschen freundlicher: »Aber du brauchst dich nicht schwarz anzuziehen.«

Selma brauchte sich auch nicht schwarz anzuziehen. Das musste was mit dem Alter zu tun haben. Regina brauchte gar nicht zu kommen, sie blieb zu Hause und passte auf »die Kleine« auf.

»Das kann doch ich machen«, schlug ich hoffnungsvoll vor.

Aber ich hatte keine Chance. »Es war deine Oma, nicht meine«, sagte Regina. »Das gehört sich so, dass du da hingehst.«

»Ich will aber nicht«, sagte ich, aber eher halbherzig, denn mit diesem Argument war ich noch fast nie durchgekommen.

Oma freute sich bestimmt, dass es an ihrer Beerdigung regnete, denn so konnten alle Leute ihre Schirme mitbringen. Zuerst gab es einen Gottesdienst. Alle trugen Schwarz, bis auf Selma und mich, und vorne stand der Sarg, in dem Oma jetzt angeblich drinliegen sollte. Ich vermied es, mir diesen Sarg anzusehen, starrte stattdessen auf einen Punkt an der Wand, dicht über der Heizung, die in die Schweigepausen des Pfarrers leise hineingluckste. Um mich herum wurde geschnüffelt und geschnäuzt. Ich hatte mich ganz an den Rand gesetzt und konnte deswegen aus den schmalen Fenstern hinausschauen. Zwei Tannen hielten ihre dunklen Gesichter dem Regen entgegen. Gab es da wohl Tannen, gab es Regen, wo

Oma jetzt war? Der Punkt über der Heizung war sicherer, über den konnte man gar nicht nachdenken.

Sie trugen den Sarg aus der Kirche. Es waren ein paar Leute da, die ich nicht kannte. Auch Herr Wenzel war gekommen, er trug einen Hut und sah auf den Sarg, als sehe er etwas viel Größeres.

Draußen wurde es sehr viel schwieriger, denn es gab nur noch Bäume und Regen, nirgendwo einen Punkt, der nichts bedeutete. Erst direkt am Grab fand ich wieder eine Hilfe, und zwar in Großtante Friedas Krokotasche. Ich fing an die Schuppen des Krokoleders zu zählen. Diagonal von links nach rechts, dann andersrum. Ich zählte und zählte, während vor mir die Reihe immer kürzer wurde. Jetzt stand die Krokotasche am Loch, eine Schaufel Erde polterte auf das Holz. Die Krokotasche verschwand. Jetzt war ich dran. Ich warf die Blumen, die mir Mama noch kurz vorher in die Hand gedrückt hatte, in das Loch. Ich musste noch Matheaufgaben machen, wenn ich nach Hause kam. Leute schüttelten mir die Hand, sahen fragend auf meinen Vater, der sagte dann: »Jaja, das ist unsere Jüngste.«

Selma weinte und viele Erwachsene hielten Taschentücher vor die Nasen. Ich fühlte mich kalt und sündig, weil ich nicht weinte und am Grab an meine Hausaufgaben dachte. Schade, dass Herr Wenzel gleich verschwunden war.

»Du warst ja richtig tapfer«, sagte Mama. Aber ich wusste, das hatte mit Tapferkeit nichts zu tun, ich hatte schlichtweg gesündigt.

Die Großen gingen noch zusammen Kaffee trinken und Kuchen essen. Ich wollte nicht mit. Mein Bruder fuhr mich und Selma zu Regina. Da gab es auch Kuchen. Ich sündigte weiter und aß den Kuchen, nachdem es nun eh schon nicht mehr drauf ankam. Regina behandelte mich mit einer merkwürdigen Vorsicht, als wäre ich krank. Vielleicht war man tatsächlich krank, wenn man nicht weinte, obwohl einem die Oma gestorben war.

Danach träumte ich jede Nacht von Oma. In diesen Träumen lud sie die ganze Beerdigungsgesellschaft an einen langen, fröhlichen Tisch. Sie selbst saß munter dabei, ihre Augen strahlten, sie trug ein Kostüm, ihren enzianblauen Hut; alles setzte sich und aß und redete durcheinander und mit einem Mal fiel mein Blick auf Oma und ich beobachtete mit Grausen, wie sie vor meinen Augen zerfiel, wie ihre Wangen einsanken, ihr Kopf sich nach vorn neigte, der Hut herunterglitt und einen fast vollständig kahlen Schädel enthüllte, und zuletzt lag ein wie mit Leder überzogener Totenschädel mit der Stirn auf dem Tisch.

Dieser furchtbare Traum war die Strafe dafür, dass ich die Schuppen auf Tante Friedas Krokotasche gezählt und nachher auch noch bei Regina Kuchen gegessen hatte, das war mir schon klar. Das war so etwas wie die Rückkehr eines Geistes, der keine Ruhe fand.

Fotos tauchten auf, Kleinigkeiten, Omas letzte Besitztümer, die sie in ihrer Zeit im Pflegeheim zum Schluss noch begleitet hatten. Als das aufgeteilt war, war sie weg. Übrig blieben nur die Träume.

Weihnachten näherte sich schon wieder. Es war noch recht warm, manchmal sang sogar eine irregeleitete Amsel; meistens zeterten die Amseln um diese Jahreszeit nur und das klang dann eher nach Schnee.

Ich nahm Heino an die Leine und klingelte bei den Nachbarn um Tanja zu fragen, ob sie auf einen Spaziergang mitkommen wollte. Es war niemand da. »Und wohin jetzt?«, fragte ich Heino.

Weil ihm spontan nichts einfiel, ging ich einfach los. Er war froh, dass ich ihm die Entscheidung abnahm, hängte die Zunge einen Zentimeter aus der Schnauze und legte ein Ohr zurück um auf eventuell den Weg kreuzende Hündinnen einen guten Eindruck zu machen. »Frauenheld«, sagte ich. Ich wusste inzwischen, was das war und dass das mit Rettung überhaupt nichts zu tun hatte, im Gegenteil.

Ich musste an diesem Nachmittag viel nachdenken und deswegen gingen wir ziemlich weit. Wir waren fast schon bei meiner Schule. Wir waren fast bei Omas Wohnung.

Heino erinnerte sich. Man konnte geradezu sehen, wie in seinem kleinen gelben Kopf etwas in Bewegung kam, was ihn selbst vollkommen überraschte. Vermutlich erinnerte er sich an die besonderen Geruchsmischungen vor dem Metzgerladen, an der Litfaßsäule an der Ecke. Er stellte auch sein zweites Ohr auf, zog die Zunge ein und ruckte an der Leine. Ich ließ mich ziehen, um die zwei Ecken bis in Omas Straße und dann direkt bis vor die Haustür. Dort bremste er ab, roch am Türspalt und sah mich erwartungsvoll an. »Ich hab keinen Schlüssel«, sagte ich. »Und wenn, dann würde das auch nichts bringen. Da ist nichts mehr.« Er glaubte mir kein Wort, das war ihm deutlich anzusehen.

Ich hätte bei Herrn Wenzel klingeln können, aber das wollte ich nicht. Ich wollte nicht in das Haus rein. Heino dagegen wollte unbedingt in das Haus rein. Sein zunächst stummer Vorwurf steigerte sich zur Hysterie. Er winselte und kratzte an der Tür.

Ich ging in die Hocke und nahm ihn in die Arme. »Da ist nichts«, sagte ich. »Da ist keine Oma mehr. Da wohnen jetzt ganz andere Leute.«

Es war eigentlich nicht gerecht, dass es dieses Haus noch gab, diese Fenster, diesen Metzgerladen. Das hatte alles zu Oma gehört und nun, wo sie nicht mehr da war, sollte das alles auch nicht mehr da sein. Ich war wütend auf das Haus und die Fenster und den Metzgerladen. Ich war sogar wütend auf Heino, aber der sah so jämmerlich drein, dass er mir doch auch gleich wieder Leid tat.

»Pass auf«, sagte ich zu ihm. »Ich muss dir was zeigen.« Und ich klemmte ihn mir unter den Arm und trug ihn zur nächsten Straßenbahnhaltestelle. Ich sah mich nicht um, aber Heino renkte sich fast den Hals aus. Als Hund sieht man sich wahrscheinlich nicht um, sondern riecht sich um. Er roch sich um, bis wir in der Straßenbahn saßen, und dann legte er sich so platt auf den Boden, als wäre er am liebsten überhaupt nicht da.

Beim Friedhof stiegen wir aus. Am Eingang stand ein Schild, auf dem ein Hund durchgestrichen war. Natürlich, Hunde waren auf dem Friedhof verboten, wahrscheinlich hatte man Angst, dass die da irgendwelche Knochen ausgraben würden. Aber das Verbot galt bestimmt nicht für Hunde, die ihre Angehörigen besuchten. Ich war nach der Beerdigung nie mehr auf dem Friedhof gewesen und an den Weg, den wir von der Kirche bis ans Grab gegangen waren, konnte ich mich kaum erinnern. Da waren die Tannen gewesen, der Regen und die Krokotasche. Heute, bei Sonnenschein und ohne die schwarze Prozession, sah alles ganz anders aus. Aber dann fand ich sie doch. Es lagen immer noch Kränze auf dem Grab, Kränze mit roten und blauen Bändern, die verstümmelte Inschriften in Goldbuchstaben trugen. Es gab keinen Grabstein, nur ein Holzkreuz mit Omas Namen, dem Jahr ihrer Geburt und dem laufenden Jahr. Auch frische Blumen standen da.

Ich setzte mich auf der gegenüberliegenden Seite des Kieswegs auf einen Stein. Heino setzte sich neben mich und sah mich verständnislos an. »Da ist sie«, sagte ich zu ihm. »Nicht mehr im Haus. Da unten.«

Er roch an meiner ausgestreckten Hand und wedelte zögernd.

»Es ist wahr«, sagte ich lauter. »Sie haben sie in eine Holzkiste gepackt und hier verbuddelt. Sie ist nicht mehr in ihrer Wohnung. Sie geht nie mehr mit dir spazieren.«

Dann heulte ich.

Ich heulte ziemlich lang und ausgiebig und Heino drängte seine Schnauze auf mein Knie und winselte und ich glaube, es kamen auch irgendwelche Leute vorbei, die Heino wahrscheinlich so ankuckten, als wäre er verboten, aber dann doch lieber nichts sagten.

Als es allmählich dämmerte, stand ich auf, klopfte mir die Tannennadeln von der Hose und sagte zu Heino: »Komm nach Hause.«

Für Mädchen und Jungen ab 10 Jahren

Band 70433 Ab 10

Band 70434 Ab 11

Als die Schröder-Erben ins Nachbarhaus von Paul Walser, genannt Paul Vier, ziehen, ist in dem kleinen Städtchen Bergwald die Hölle los. Nicht nur daß die »Neuen« höchst seltsame Namen tragen, sie sind auch sonst alles andere als das, was sich die spießigen Ulmenstraßenbewohner unter »artigen« Kindern vorstellen…

Band 70384 Ab 11

dtv junior